KB006640

사람에게는 얼마만큼의 땅이 필요한가?

Много ли человеку земли нужно
Лев Толстой

현대인의 감성으로 다시 읽는 톨스토이 단편선

사람에게는
얼마만큼의
땅이
필요한가?

레프 톨스토이 지음
홍순미 옮김

씨네스트

차례

* 각 작품의 맨 앞에 옮긴이의 현대적 재해석이 수록되어 있습니다.

사람에게는 얼마만큼의 땅이 필요한가?

거장 톨스토이의 소박한 무덤

요즘 TV를 보면 산 속 깊은 오지에 살거나 인적이 끊긴 자연에 묻혀 사는 분들이 자주 소개됩니다. 오래전부터 그곳에 터를 잡은 분들도 계시지만 대다수는 건강에 이상이 생기거나, 사업이 망하거나, 혹은 가정적인 문제 때문에 자신의 본래 계획과는 상관없이 쫓기듯 들어왔다고 합니다. 짧게는 3, 4년 길게는 2, 30년씩 그곳을 지키는 사람들은 공통적으로 말합니다.

"이곳에 온 이후 가장 먼저 던져 버린 것은 욕심입니다. 그리고 얻은 것은 건강과 마음의 평온입니다."

인적이 드문 자연에서는 경쟁할 상대도 없고 실적을 자랑할 동료도 없습니다. 재산의 많고 적음도 의식할 필요가 없겠지요.

욕심! 인간의 가장 본능적인 감정입니다. 세상을 욕심 없이 살아갈 수 있을까요? 적절한 욕심은 도움이 될 수 있지만 자제할 수 없는 게 사람의 마음입니다.

이 글에서 톨스토이는 욕심이 주는 마지막 선물은 무엇인지, 욕심의 끝에는 무엇이 있는지 다시 한 번 생각해 보라고 말합니다.

앞의 사진은 톨스토이의 무덤입니다. 톨스토이의 무덤은 그가 어렸을 때부터 살았던 톨스토이 가문의 영지 안쪽에 있습니다. 그는 평소에 자신이 죽으면 어렸을 때 놀던 곳에 소박하게 묻어달라고 했습니다. 톨스토이 자신에게 필요한 땅의 넓이가 얼마나 되는지 잘 알고 있었던 것이지요.

I

도시에 사는 언니가 시골에 사는 여동생을 방문했다. 언니는 도시의 상인에게 시집을 가서 살았고 동생은 농민과 결혼하여 시골에 살았다. 자매는 차를 마시면서 이야기꽃을 피웠다. 그러던 중 언니가 자기의 도시 생활을 자랑하면서 우쭐대기 시작했다. 자기가 도시에서 얼마나 깔끔하게 살며 자유롭게 돌아다니는지, 또 아이들을 얼마나 예쁘게 입히는지, 또 어떤 달콤한 것들을 먹고 마시는지, 어떻게 마차를 타고 놀러 다니며 극장에도 다니는지 등등을 자랑했다. 여동생은 슬슬 약이 오르기 시작했다. 그래서 도시 상인의 생활을 깎아 내리고 농민의 삶을 치켜세우기 시작했다.

"그래도 나는 내 생활을 언니의 생활과 바꾸지는 않을 거야. 비록 평범하게 살지라도 큰 걱정은 없거든. 언니가 좀 더 멋지게 살기는 하겠지. 하지만 장사해서 많이 벌 때도 있고 폭삭 망할 때도 있잖아. 이런 속담도 있지. '손해는 이익의 큰 형님이다'. 오늘은 부자로 살다가도 다음날은 거리로 나앉는 게 다반사잖아. 그에 비하면 우리 농사꾼들의 생활은 굴곡이 없지. 농사꾼 인생은 가늘고 길게 가는 거야. 큰 부자는 못되겠지만 배부르게 살 정도는 되거든."

언니가 대꾸했다.

"돼지, 송아지와 함께 하는 그런 배부름 말이냐! 치장도 못하고 사교생활도 없이 말이냐! 네 남편이 아무리 열심히 일해도 거름 속에서 살다가 죽겠지. 아이들도 마찬가지고."

"그게 어때서?" 동생이 말했다. "우리 생활이 그런걸 뭐. 그 대신 안정적으로 살 수는 있다고. 아무한테나 고개를 숙일 일도 없고 무서워 할 일도 없고 말이야. 하지만 언니는 도시에서 온통 유혹 속에 살고 있잖아. 오늘은 좋을지 몰라도 다음날은 악마가 갑자기 나타나서 언니 남편을 도박이나 술, 아니면 예쁜 계집의 유혹에 빠지게 꼬드길 수도 있잖아. 그러면 모든 게 물거품이 되는 거지. 그렇지 않아?"

동생의 남편이자 이 집의 주인인 파홈은 페치카(러시아식 벽난로 – 역주) 위에 누워서 여인네들이 떠드는 것을 듣고 있다가 말했다.

"그래, 맞는 얘기야. 우리 농부들은 어릴 때부터 그렇게 어머니인 대지를 경작하느라 허튼 생각이 들어 올 틈이 없어. 단 한 가지 안타까운 일은 땅이 적다는 거야! 땅만 충분히 많다면 나는 아무도 무섭지 않아. 악마도 무섭지 않단 말이야!"

여자들은 찻잔을 비운 후 여성의 옷차림에 대해 조금 더

수다를 떨고 나서 설거지를 한 후 자러 갔다. 그런데 페치카 뒤에서 악마가 그들이 하는 이야기를 전부 듣고 있었다. 악마는 농부가 아내의 말을 듣고 우쭐거리며 자기에게 땅이 많다면 악마도 무섭지 않다고 호언장담을 하자 매우 기뻤다.

"옳거니! 어디 한번 두고 보자. 내가 네 놈에게 땅을 많이 주마. 그 땅으로 너를 차지할 것이다."

II

농부 내외의 이웃에 그리 크지 않은 영지를 소유한 여지주가 살고 있었다. 그녀에게는 120데샤티나(1데샤티나는 약 10,000㎡이다 – 역주)의 땅이 있었다. 이전부터 그 여지주는 농부들과 더불어 조용하게 살면서 농민들을 괴롭히지 않았다. 그런데 어떤 퇴역 군인이 영지 관리인으로 여지주에게 고용되었는데 그때부터 그가 벌금을 매기며 농민들을 못살게 굴기 시작했다. 파홈이 아무리 조심 해도 말이 여지주의 귀리밭으로 뛰어 들어간다거나, 암소가 여지주의 정원을 어슬렁거린다거나, 송아지가 여지주의 목초지 쪽으로 달아나는 일이 일어났고, 그 모든 일마다 벌금이 매겨졌다. 파홈은 벌금을 물고 나면 집안 식구들을 욕하고 때리곤 했다. 이렇게 파홈은 여름을 나는 동안 영지 관리인으로 인해 무던히도 곤욕을 당했다. 그래서 가축들이 마당 안에 있게 되면 사료가 아쉬웠지만 벌금 낼 걱정이 없으므로 오히려 안도감을 느낄 정도였다.

겨울이 되자 여지주가 땅을 팔 것이라는 소문과 그 땅을 큰 도시에서 온 귀족이 사려고 한다는 말이 돌았다. 농부들은 그 소문을 듣고 경악했다.

"세상에! 땅이 대도시 귀족의 손에 들어가면 여지주 때보다 더 많은 벌금으로 우리를 달달 볶을 거야. 우리는 이 땅이 없으면 살 수가 없는데 말이야. 모두 이 땅을 터전으로 살아가고 있잖아."

농부들은 집단으로 여지주를 찾아가서 땅을 대도시의 귀족에게 팔지 말고 자기들에게 넘겨 달라고 부탁하게 되었다. 그들은 땅값을 더 비싸게 지불하겠다고 약속했고 여지주는 이 제안을 받아들였다. 농부들은 땅을 한꺼번에 공동으로 매입할 작정이었다. 그래서 한두 차례 회합을 가졌지만 일이 잘 풀리지 않았다. 악마가 농부들을 분열시켜서 아무런 합의점도 찾지 못한 것이다. 그래서 농부들은 땅을 각자 알아서 자기 능력이 닿는 만큼 매입하기로 결정했다. 여지주는 이

제안도 수락했다. 파흠은 이웃집의 농부가 여지주에게서 땅 20데샤티나를 샀는데, 여지주가 땅값의 절반을 몇 년간 할부로 지불할 수 있게 해 주었다는 이야기를 들었다. 파흠은 질투가 났다.

'사람들이 땅을 전부 사버리면 내 앞으로는 하나도 남아나지 않겠는걸.'

그래서 그는 아내와 상의하였다.

"사람들이 모두 땅을 사니까 우리도 10데샤티나 정도는 사야 되지 않겠어? 이렇게 계속 영지 관리인에게 벌금을 뜯기면서 살 수는 없는 노릇 아니요."

파흠 부부는 땅을 어떻게 매입할지 방법을 궁리했다. 그들에게는 저금해 놓은 돈 100루블이 있었다. 여기에 망아지 한 마리와 꿀벌 절반을 팔고, 아들을 고용살이 보내어 그 품삯을 선불로 받고, 또 동서에게 돈을 빌린 것까지 합해 땅값의 절반이 되는 돈을 모았다.

파흠은 돈이 모아진 뒤, 조그만 숲이 딸려 있는 15데샤티나의 땅을 점찍어둔 후에 여지주에게 값을 흥정하러 갔다. 흥정 끝에 땅값을 깎아서 15데샤티나의 땅에 대한 선금을 지불했다. 그들은 도시로 나가서 땅의 매매 계약서를 작성한 후 땅값의 절반을 넘겨주었고 차후 2년 안에 나머지 돈을 주기로 약속했다.

이렇게 해서 파홈은 땅을 갖게 되었다. 파홈은 씨앗을 빌려와서 사들인 땅에 뿌렸다. 곡식은 잘 자라주었다. 그는 일년 만에 여지주와 동서에게 진 빚을 다 갚았다. 이제 파홈은 지주가 된 것이다. 즉 자신의 땅을 갈고 씨를 뿌리고, 자신의 땅에서 건초를 만들 풀을 베고, 자신의 땅에서 말뚝을 깎고, 자신의 땅에 가축을 놓아 풀을 먹였다. 파홈은 자기 소유의 땅을 갈기 위해 말을 타고 나가기도 하고 곡식이 싹튼 것을 보거나 목초지를 보기 위해 돌아다녔다. 그는 형언할 수 없이 기뻤다. 그에게는 자신의 땅에서 자라는 풀은 똑같은 풀인데도 남다르게 보였고 똑같은 꽃인데도 다르게 피어 있는 것처럼 느껴졌다. 예전에 지나다닐 때는 그저 여느 땅으로 느꼈는데 이제 이 땅은 그에게 너무나 특별해 보였다.

III

파홈은 그렇게 행복하게 지냈다. 모든 것이 좋을 것 같았다. 그러나 농부들이 파홈네 땅의 곡식과 초지를 짓밟기 시작했다. 조심해 달라고 정중하게 부탁했지만 좀처럼 그치질 않았다. 목동들이 암소를 파홈의 목초지 쪽으로 풀어 놓기도 하고 한밤중에 방목된 말들이 곡식이 심어진 파홈의 땅으로 길을 잃고 들어오기도 했다. 파홈은 가축들을 쫓아내기도 하고 사정도 해보았다. 하지만 한 번도 소송을 걸지는 않았다. 그러다 나중에는 지쳐서 읍내 재판소에 고소를 하게 되었다. 파홈도 농부들이 고의로 그러는 것이 아니라 땅이 좁아서 그렇게 한다는 사실을 알고는 있었지만 '더 이상 내버려 둘 수는 없어. 그렇게 되면 전부 짓밟아 엉망으로 만들 거야. 따끔하게 버릇을 가르쳐야 해'라고 생각했던 것이다.

그렇게 해서 재판을 통해 한두 번 버릇을 가르치고, 한두 명에게 벌금을 부과하기도 했다. 이웃 농민들이 파홈에게 반감을 품게 되어, 가끔 고의적으로 땅을 짓밟는 일도 발생했다. 하루는 누군가 한밤중에 숲에 잠입해서 보리수 열 그루의 나무껍질을 벗겨 놓았다. 파홈이 숲을 지나다 보니 뭔가 허연 것이 보였다. 가까이 다가갔더니 껍질이 벗겨진 어린 보리수들이 버려진 채 나동그라져 있었고, 그루터기들이 머리를 내밀고 있었다. 아니, 숲 가장자리의 관목들만 베어 갔어도 좋았으련만, 하다못해 단 한 그루라도 남겨 두었으면 좋았으련만, 이 악당 놈은 하나도 남기지 않고 깨끗이 싹 베어 놓았다. 파홈은 분통이 터졌다.

"빌어먹을! 어떤 놈이 이따위 짓을 했는지 잡히기만 해봐라. 내가 가만 두지 않겠다."

그는 누구의 소행일까 생각하고 또 생각했다.

"그래! 세묜이 틀림없어!"

그는 밖에서 일하고 있는 세묜에게 대답을 들으러 갔으나 아무것도 알아내지 못하고 욕설만 퍼부었다. 하지만 파홈은 세묜이 한 짓이라는 확신이 점점 더 굳어졌다. 그는 소송을 제기했다. 그리고 재판소로 세묜을 소환했다. 재판을 여러 차례 했지만 증거가 없어서 무죄로 판결이 났다. 그는 더욱 화가 나서 마을의 원로와 판사들에게 욕지거리를 해대며 싸웠다.

"당신들은 도둑놈 편을 들고 있군. 자신들이 정직하다면 도둑놈에게 무죄를 선고하지는 않을 텐데!"

파홈은 판사들과 싸우고 이웃들과도 싸웠다. 그는 집에 불을 지르겠다는 협박까지 받았다. 파홈은 자신이 살고 있는 땅이 넓어질수록 공동체 내에서의 입지는 더욱 좁아지는 처지가 됐다. 바로 이 무렵 마을 사람들이 새로운 곳으로 떠난다는 소문이 돌았다. 파홈은 생각했다.

땅이 있다고 하는 곳에는 금세 농부들이 달려들어 전부 빌려 버렸다. 때 맞춰 땅을 빌리지 못하면 밀을 심을 땅이 아예 없어져 버렸다. 삼 년째 되는 해에 파홈은 어떤 상인과 함께 반씩 나누어 농부들로부터 방목장을 빌렸다. 경작까지 이미 다 했는데 농부들이 재판을 걸어왔다. 그렇게 해서 모든 일이 허사가 되어버렸다. 파홈은 생각했다.

'내 땅이 있었다면, 누구 눈치 볼 필요도 없고 고통을 당할 일도 없을 텐데……'

그래서 파홈은 자기 소유로 만들 땅이 없을까 물색하던 중한 농부를 만났다. 그는 500데샤티나의 땅을 샀는데 파산을 당하는 바람에 싼 값에 팔려고 내놓은 터였다. 파홈은 그 사람과 흥정 끝에 땅값을 1,500루블로 하고 대금의 절반은 나중에 준다는 것에 합의를 보게 되었다. 거래가 거의 마무리되어갈 무렵, 그곳을 지나던 한 상인이 파홈의 집에서 식사를 하게 되었다. 그들은 차를 한 잔 마시며 이야기를 나누었다. 상인은 멀리 떨어진 바슈키르라는 곳에서 왔다고 말했다. 그곳에서 그는 바슈키르 사람들에게서 약 5,000데샤티나 정도의 땅을 샀다고 했다. 그런데 그 금액이 전부 합해서 겨우 1,000루블이라는 것이다. 파홈은 꼬치꼬치 물어보기 시작했다. 상인이 대답했다.

"노인네들의 환심을 사면 됩니다. 100루블 상당의 옷과 양탄자를 선물로 나누어 주었고 차도 한 상자 선물했어요. 술 마시는 사람에게는 술을 충분히 대접했지요. 그랬더니 땅을 1데샤티나 당 20코페이카로 손에 쥐게 된 겁니다."

그는 땅 계약 문서를 보여주며 말했다.

"그 땅이 강을 끼고 있는데 평원 가득히 나래새가 자라고 있더라고요."

파홈은 다시 이것저것 상세하게 묻기 시작했다.

"그곳 땅은 일 년 동안에도 다 둘러보지 못할 거예요. 전부 바슈키르인들의 땅이지요. 그런데 그들이 양처럼 멍청하지 뭡니까. 거의 공짜나 다름없이 땅을 손에 넣을 수 있습니다."

"세상에! 나는 1,000루블로 땅 500데샤티나를, 그것도 빚까지 내가면서 사려고 하고 있는데……. 거기서는 1,000루블로 그렇게 많은 땅을 차지할 수 있다니!"

V

파홈은 어떻게 가야 하는지 이것저것 자세히 물어본 다음 상인을 배웅한 후 바로 길을 떠날 준비를 했다. 집은 아내에게 맡기고 일꾼 한 명만 데리고 출발했다. 도중에 도시에 들러서 상인이 일러준 것들 — 차 한 상자, 각종 선물, 술 등 — 을 모두 샀다. 그리고 계속해서 가고 또 가고 500베르스타를 여행했다. 밤낮으로 여행을 한 지 일주일 째 되는 날 파홈은 바슈키르인들의 유목 지역에 도착했다. 모든 것이 상인이 이야기해 준 것과 똑같았다. 그들은 모두 초원에서 살았고 작은 강 유역에 두꺼운 펠트 천으로 만든 유목민 천막에서 생활했다. 그들은 농사를 짓지도 않았고 빵도 먹지 않았다. 초원에 가축들이 오가고 말들도 무리를 이루고 있었다. 천막 뒤편에는 망아지들을 묶어 두고 하루에 두 번씩 암컷을 그리로 데려왔다. 말 젖을 짜고 그것으로 마유주를 만들었다. 아낙네들은 말 젖을 휘저어 섞어서 치즈를 만들기도 했다. 남자들은 마유주와 차를 마시고 양고기를 먹고 피리를 불며 지낼 뿐이었다. 모두들 기름진 안색에 명랑했고 여름 내내 축제 분위기처럼 떠들썩하게 놀았다. 사람들은 완전히 무지했고 러시아어도 몰랐다. 그러나 온순했다.

파홈을 보자마자 바슈키르인들이 천막 밖으로 몰려 나와 손님을 에워쌌다. 통역자가 불려왔다. 파홈은 통역자에게 땅에 대해 얘기하러 왔다고 말했다. 바슈키르인들은 매우 기뻐하며 파홈의 손을 잡고 가장 멋진 천막 안으로 데려가서 그를 양탄자 위에 앉히고 깃털을 넣은 방석을 깔아주었다. 그리고 주위에 빙 둘러앉아 차와 마유주를 대접하고 양을 한 마리 잡아서 양고기를 주었다. 파홈은 여행마차에서 선물을 꺼내 바슈키르인들에게 나누어 주었다. 파홈이 선물을 하고 차를 나누어 주자 바슈키르인들은 즐거워했다. 그들은 알아들을 수 없는 말로 자기들끼리 마구 떠들더니 통역자에게 전해달라고 얘기했다.

"당신에게 말씀드리라고 합니다." 통역자가 말했다. "이분들은 당신이 좋다고 합니다. 그리고 우리에게는 풍습이 있는데 그것은 손님을 기쁘게 하기 위해 최선을 다하는 것과 선물을 받았을 때 답례를 하는 거랍니다. 당신이 우리에게 선물을 주었으니 이제 말씀해 보십시오. 당신께 보답하기 위해서 우리가 가진 것 중에 무엇이 당신의 마음에 드는지 말입니다."

"내 마음에 드는 것은 무엇보다도 당신들이 갖고 있는 땅입니다. 우리 땅은 좁은데다 계속 경작을 해서 토질이 메말랐는데 당신들의 땅은 넓기도 하지만 비옥하기도 합니다. 이렇게 좋은 땅을 본 적이 없어요."

통역자가 이 말을 전했다. 바슈키르인들은 한참 동안 자기들끼리 이야기를 나누었다. 파홈은 그들의 말을 알아들을 수는 없었지만 그들은 기분이 좋은 것 같았고 뭐라고 소리를 질러대고 웃음을 터뜨렸다. 이윽고 조용해지더니 파홈을 바라보았다. 그러자 통역자가 말했다.

"그들이 전해달라고 합니다. 그들은 당신에게 말합니다. 당신의 선물에 대한 보답으로 당신이 원하는 만큼의 땅을 기쁘게 드리겠답니다. 어떤 땅이든 손으로 가리키기만 하면 당신의 땅이 될 것입니다."

그들이 재차 이야기를 나누더니 뭔가를 가지고 다투기 시작했다. 그래서 파홈은 그 사람들이 무슨 문제로 그러는지 물어보았다. 통역자가 대답했다.

"어떤 사람들은 땅 문제는 촌장님께 물어봐야지 우리끼리 결정하면 안 된다고 말합니다. 반면 다른 사람들은 촌장님이 없어도 된다고 말하고요."

VI

바슈키르인들이 서로 다투고 있을 때 갑자기 여우털 모자를 쓴 사람이 걸어왔다. 모두들 입을 다물고 일어섰다. 통역자가 말했다.

"이분이 바로 촌장님이십니다."

파홈은 즉시 최고급 옷 한 벌과 5푼트 짜리 차를 촌장에게 바쳤다. 촌장은 선물을 받고 나서 상석에 앉았다. 그러자 바슈키르인들이 촌장에게 무엇인가 이야기하기 시작했다. 촌장은 이야기를 계속 듣더니 머리를 한 번 끄덕여서 사람들을 조용히 하도록 만든 후에 파홈에게 러시아어로 말을 하기 시작했다.

"좋소. 그렇게 하시오. 원하는 대로 땅을 가지시오. 땅은 많소."

파홈은 생각했다.

'어떻게 해야 내가 원하는 만큼을 가지게 될까. 내 소유의 땅이라고 인증을 받아 놓을 필요가 있어. 안 그러면 '당신의 땅입니다' 했다가 나중에 뺏어갈지도 모르지.'

"친절하신 말씀 감사합니다. 당신들은 땅이 정말 많군요. 하지만 저는 조금만 필요합니다. 다만 어떤 땅이 제 것인지만 알면 좋겠습니다. 어떤 방법이든 상관없이 대강이라도 땅을 측량해서 저의 소유권을 인증해 주시는 절차가 필요할 것같습니다. 사람의 목숨은 하늘에 달린 것 아닙니까. 여러분들은 선량한 분들이라 저에게 땅을 주시지만 여러분의 자손들이 빼앗게 될 수도 있습니다."

"당신의 말이 맞소. 소유권을 인증해 주겠소." 촌장이 말했다.

"제가 들은 바로는 상인 한 사람이 당신들의 마을을 다녀갔다고 하던데 여러분께서 그에게 땅을 팔고 권리증도 만들어 주었다고 들었습니다. 부디 저에게도 그렇게 해주시기 바랍니다……."

촌장은 전부 이해하였다.

"그 모든 걸 해드리겠소. 우리에게도 서기가 있습니다. 그러니 도시로 갑시다. 도장을 다 찍어 드리겠습니다."

"그런데 땅의 가격은 얼마나 되나요?" 파홈이 물었다.

"우리 땅의 값은 딱 한 가지요. 하루치에 1,000루블입니다."

파홈은 알아들을 수가 없었다.

"무슨 단위가 그렇습니까? 하루치라니요? 그건 도대체 몇 데샤티나가 되는 겁니까?"

"우리도 모릅니다. 그것을 어떻게 계산하는지는 모릅니다. 어쨌든 우리는 하루 단위로 땅을 매매합니다. 하루 동안 당신이 걸어서 돌아다닌 만큼 그 땅은 당신의 소유가 되는 겁니다. 그 하루치에 대해서 지불하는 돈이 1000루블인 것이지요."

파홈은 깜짝 놀랐다.

"하루 동안 땅을 돌아다니면 땅이 아주 많을 것 아닙니까!"

촌장은 웃음을 터뜨렸다.

"전부 당신 땅이라니까요! 단, 한 가지 조건이 있습니다. 만약에 당신이 출발한 그 지점으로 하루 내에 다시 돌아오지 못하면 당신의 돈은 사라지는 겁니다."

"그런데 제가 지나간 곳을 어떤 방법으로 표시를 합니까?"

"당신이 고른 땅에 우리가 서 있을 겁니다. 우리는 서 있고 당신은 걷는 거지요. 작은 곡괭이를 가지고 원을 만들면서 가시오. 필요한 곳마다 표시를 하시오. 모퉁이마다 작은 구멍을 만들어 나뭇가지를 꽂아 표시를 해 두시오. 그러면 그 다음에 우리가 모퉁이와 모퉁이 사이를 쟁기로 표시하면서 지나가겠소. 당신이 하고 싶은 만큼 원을 그리시오. 다만 해가 지기 전에 시작했던 곳으로 돌아와야 하오. 당신이 걸어 다닌 땅은 전부 당신 것이 되는 거요."

파홈은 너무나 기뻤다. 그들은 일찍 출발하기로 결정했다. 이어서 이야기를 더 나누고 양고기를 먹고 차도 실컷 마셨다. 어느덧 밤이 이슥했다. 바슈키르인들은 파홈에게 깃털 이불을 깔아주고 뿔뿔이 흩어졌다. 다음날 동틀 녘에 함께 모여서 해가 뜨기 전에 출발 지점으로 이동하기로 약속했다.

VII

파홈은 깃털 이불에 누웠지만 머릿속이 온통 땅에 대한 생각으로 가득 차 있어 잠을 이루지 못했다. '아주 아주 넓은 땅을 차지할 거야. 하루 종일 걸으면 50베르스타는 걸을 수 있을 거야. 요즘은 하루가 일 년에서 가장 긴 때이잖아. 50베르스타를 걸으면 땅이 대체 얼마야! 토질이 어떤지 봐서 조금 질이 떨어지는 땅은 팔아버리거나 다른 농부들이 경작하게 빌려줘야지. 그리고 좋은 땅은 내가 직접 그 땅에 눌러 앉아서 살아야겠다. 쟁기를 끌 황소를 두 마리 준비하고 사람 두어 명을 일꾼으로 두어야지. 그러면 50데샤티나 정도는 내가 직접 농사를 짓고, 나머지 땅에는 가축들을 방목해야지."

파홈은 밤새도록 잠들지 못했다. 동이 트기 직전에야 간신히 선잠이 들었다. 잠깐 선잠이 든 사이에 파홈은 꿈을 꾸었다. 꿈속에서 그는 지금의 천막 안에 누워 있었는데 밖에서 누군가 껄껄 웃는 소리가 들려왔다. 도대체 누가 그렇게 웃고 있는지 궁금해서 일어나 천막 밖으로 나갔더니 다름 아닌 바슈키르 촌장이 천막 앞에 앉아 두 손으로 배를 움켜쥐고 뭐가 그리 우스운지 포복절도하며 껄낄거리고 있었다. 파흠은 그에게 다가가서 물었다.

"무엇 때문에 웃으시는 겁니까?"

그렇게 묻고 난 후 다시 보니 그는 바슈키르 촌장이 아니고 파흠의 집에 들러 땅에 대해 말해주었던 상인처럼 보였다. 파흠은 상인에게 "당신은 여기에 언제부터 있었나요?"라고 물었다. 그러자마자 그는 이미 상인이 아니라 예전 고향에 살 때 아래 지역에서 올라와 자기 집에 들렀던 그 농부로 변했다. 그런데 파흠이 다시 보니 그는 농부도 아니고 뿔과 발톱이 달린 마귀처럼 보였다. 마귀는 앉아서 키득키득 웃고 있었는데 앞에는 속옷과 바지를 입은 남자가 맨발인 채 쓰러져 있는 게 보였다. 파흠은 그가 누구인지 알아보려고 유심히 살펴보았다. 그런데 죽어있는 사람은 바로 파흠 자신이었다. 파흠은 깜짝 놀라서 눈을 떴다. 잠에서 깨어난 것이었다.

"별 이상한 꿈을 다 꾸었네."

그는 주위를 둘러보았다. 열린 문을 통해 벌써 하얗게 날이 밝아 오는 것이 보였다.

'사람들을 깨워야겠다. 갈 시간이 됐군.'

그는 자리를 털고 일어났다. 마차 안에서 자고 있는 일꾼을 깨워 말을 매도록 지시하고 바슈키르인들을 깨우러 갔다.

"땅을 재러 초원을 향해 출발할 시간입니다."

바슈키르인들이 하나둘씩 잠자리에서 일어나 한자리에 모였고 촌장도 나타났다. 바슈키르인들은 마유를 마시기 시작했고 파홈에게 차를 대접하려고 했다. 그러나 파홈은 한시가 급해서 말했다.

"갈 거면 빨리 갑시다. 시간이 됐습니다."

VIII

바슈키르인들은 채비를 갖추고는 어떤 이는 말을, 어떤 이는 마차를 타고 출발했다. 파홈도 일꾼과 함께 괭이를 가지고 자신의 마차에 올라타고 출발했다. 그들이 초원에 도착하자 동쪽 하늘이 밝아오기 시작했다. 바슈키르어로 '시칸'이라고 불리는 작은 언덕에 올라갔다. 그들은 마차와 말에서 내려 무리를 이루었다. 촌장이 파홈에게 다가와 손가락으로 가리켰다.

"자, 당신이 바라보고 있는 곳이 전부 우리 땅이오. 어디든지 마음대로 고르시오."

파홈은 욕망이 불타올랐다. 땅은 전체가 나래새로 뒤덮여 있고 손바닥처럼 평탄했으며 양귀비 씨앗처럼 검었다. 저지대에는 온갖 다양한 풀들이 가슴 높이까지 무성했다. 촌장은 여우털 모자를 벗더니 땅에 내려놓았다.

"여기가 기점이 될 것이오. 여기서 출발하여 여기로 돌아오는 거요. 당신이 밟고 다닌 땅은 전부 당신 것이 되는 거요."

파홈은 돈을 꺼내 촌장의 모자 안에 넣었다. 그리고 기다란 겉옷을 벗고 짧은 상의만 입고는 아랫배의 허리띠를 고쳐 맨 후 좀 더 단단히 조였다. 그리고 빵이 든 작은 가방을 품속에 넣고 물통을 허리띠에 붙들어 맨 후 장화의 목 부분을 졸라맨 다음 일꾼에게 건네받은 괭이를 한 손에 쥐고 떠날 채비를 했다. 어느 쪽으로 가든 상관 없었으므로 어디로 방향을 택할지 파홈은 고심했다.

'어느 쪽이든 마찬가지다. 해가 뜨는 방향으로 가자.'

그는 해를 바라보고 섰다. 그리고 몸을 부드럽게 풀어주면서 지평선에서 해가 떠오르기를 기다렸다. '절대 시간 낭비 안 할 거야. 선선할 때가 걷기도 좋지.'

해가 지평선에서 솟아오르기 무섭게 파홈은 괭이를 어깨에 둘러매고 초원을 향해 걷기 시작했다. 파홈은 느리지도 급하지도 않은 걸음으로 걸었다. 출발점에서 약 1베르스타 정도 멀어졌을 때 파홈은 멈춰 서 구덩이를 파고 눈에 띄게 하기 위해 나뭇가지를 여러 개 꽂았다. 몸의 긴장이 풀어지면서 걸음이 빨라지기 시작했다. 조금 더 멀리 가서 다른 구덩이를 하나 더 팠다. 파홈은 뒤를 돌아보았다. 햇빛 아래 언덕이 선명하게 보였고 사람들이 서 있는 것도 분명하게 보였으며, 여행마차 바퀴의 금속이 반짝이는 것도 잘 보였다. 파홈은 어림짐작으로 5베르스타 정도를 걸은 듯 했다. 몸이 더워져서 파홈은 윗도리를 벗어 어깨에 걸치고는 더 멀리 걸어갔다. 5베르스타 정도 더 멀어지자 날이 더워졌다. 해를 바라보니 벌써 아침 식사를 할 시간이었다.

'말이 쉬지 않고 한 번에 갈 수 있는 만큼 걸어왔군. 방향을 바꾸기에는 아직 일러. 신발만 벗자.'

파홈은 땅바닥에 앉아 신발을 벗어 허리띠에 매달고 더 멀리 걸어갔다. 걷기가 한결 수월해졌다. 파홈은 생각했다.

'5베르스타 정도만 더 가자. 거기서 왼쪽으로 방향을 트는 거야. 땅이 너무 좋아서 여기서 단념하기가 아쉽네. 가면 갈

수록 점점 좋아지는군.'

이렇게 생각한 파홈은 좀 더 직진했다. 뒤를 돌아보니 언덕은 이제 거의 보이지 않았고, 사람들도 개미처럼 가물가물했고 뭔가 반짝이는 것이 약간 보였다.

'자, 이쪽은 충분히 확보한 것 같군. 방향을 바꿔야겠다. 그런데 땀을 많이 흘려서 지치는군. 물 좀 마시고 싶은 걸.'

파홈은 멈춰 서서 구덩이를 약간 넓게 판 후 나뭇가지를 넣은 다음 물통을 끌러 갈증이 풀리도록 물을 마셨다. 그리고 왼쪽으로 방향을 틀었다. 피로가 점점 더해갔다. 해를 올려다보니 막 정오가 된 것 같았다.

'아, 쉬어야겠다.'

파홈은 걷기를 멈추고 바닥에 퍼져 앉았다. 빵 조각과 물을 먹었지만 바닥에 눕지는 않았다. '눕기만 하면 잠들게 될 거야.'라고 생각했던 것이다. 잠깐 앉아 있다가 다시 걷기 시작했다. 처음에는 가볍게 걸었다. 식사를 한 덕분에 기운이 났던 것이다. 하지만 이미 날은 너무나 무더워졌고, 졸음이 쏟아지기 시작했다. 그래도 그는 '이 순간만 견디면 평생을 먹고 산다'라고 생각하면서 시종 걸었다.

파홈은 한쪽 방향으로 이미 충분히 많이 지나 왔으므로 이제는 왼쪽으로 방향을 돌리고 싶었다. 그런데 촉촉한 분지가 눈앞 가까이 펼쳐져 있는 게 아닌가. 버리고 가려니 아까웠다.

'저기는 아마가 잘 자랄 것 같은데.'

그래서 그는 곧장 걸어갔다. 우묵한 지대를 차지한 뒤에 뒤편에 구덩이를 팠다. 그리고 두 번째 모퉁이를 돌았다. 파홈은 언덕 꼭대기를 돌아다보았다. 더위 때문에 안개가 낀 듯 대기 중의 물체가 희미하게 보였고 짙은 아지랑이 사이로 언덕 꼭대기에 있는 사람들이 가까스로 보였다. 그들이 있는 곳까지 15베르스타 정도 될 것 같았다.

"맙소사! 각 방향들을 너무 길게 잡았나보다. 이쪽 방향은 짧게 잡아야겠다."

파홈은 세 번째 방향으로 걸어가면서 걸음을 빨리 하기 시작했다. 파홈이 해를 바라보니 해는 이미 늦은 오후로 접어들었는데 세 번째 방향으로는 겨우 2베르스타 정도를 지나왔을 뿐이었다. 도착 지점까지는 아직 15베르스타 정도 남아 있었다.

'안 되겠어! 땅 모양이 비뚤어지는 한이 있더라도 이제는 곧바로 가서 시간에 맞춰야겠다. 남은 땅은 포기하더라도 이

정도면 이미 많아.'

파홈은 서둘러 구덩이를 판 후에 언덕을 향해서 곧장 방향을 돌렸다.

IX

파홈은 언덕을 향해 똑바로 걸었지만 이미 지칠 대로 지친 상태였다. 땀을 너무 많이 흘려서 기운이 처진 데다 맨발에 상처가 나고 다친 상태였다. 다리가 말을 듣지 않았다. 쉬고 싶었지만 일몰 전까지 시간 내에 도달하지 못할까봐 쉴 수도 없었다. 해는 기다려 주지 않고 점점 더 기울어갔다.

'아아! 잘못한 거 아닌가? 땅을 너무 많이 차지하려고 한 것은 아닐까? 시간 내에 못 가면 어떡하지?'

파홈은 앞쪽에 있는 언덕을 바라보고 태양을 바라보았다. 목적지까지는 아직 멀었는데 해는 이미 지평선에 가까워지고 있었다. 파홈은 걷는 것조차 너무 힘들었지만 계속해서 더 빨리 걸었다. 걷고 또 걸어도 여전히 멀어보였다. 그래서 그는 뛰기 시작했다. 웃옷과 장화와 물병과 모자까지 다 던져버리고 오직 괭이자루에 의지해서 달렸다.

'아아! 내가 욕심이 지나쳤구나. 전부 망쳐버렸군. 아무리

달려도 해지기 전까지 도착할 수는 없어.'

그는 공포 때문에 숨쉬기가 더 힘들어졌다. 파홈은 달렸다. 땀에 젖은 내의와 바지는 몸에 달라붙었고 입안은 바싹 말랐다. 가슴은 대장간의 풀무처럼 부풀고 심장은 방망이질을 해댔다. 다리는 남의 것인 양 비틀거렸다. 이렇게 애쓰다 죽는 게 아닐까 하는 생각이 들어 극도로 무서웠지만 그만둘 수는 없었다.

'이만큼이나 달려 왔는데 이제 와서 그만둔다면 사람들이 나를 바보라고 할 거야.'

파홈은 이런 생각을 하며 계속 달렸다. 좀 더 가까이 달려갔을 때 바슈키르인들이 그를 보며 함성을 질러댔고 그 외침 때문에 파홈의 심장은 한층 더 격렬하게 뛰었다. 파홈은 마지막 힘을 다해 달렸지만 태양은 이미 지평선에 다가가며 커다랗고 붉은 핏빛이 되어 구름 속으로 가라앉고 있었다. 드디어 해가 지기 시작했고 목적지도 이제는 멀리 있는 것이 아니었다. 언덕의 꼭대기에서 사람들이 그를 향해 손을 흔들며 서두르라고 외치는 모습이 보였다. 땅에 놓여있는 여우털 모자와 그 속에 든 돈도 보였다. 그리고 두 손을 배 위에 올려놓고 땅에 앉아있는 촌장의 모습도 보였다. 그러자 파홈은 꿈이 기억났다.

'땅을 많이 차지하기는 했지만 과연 신께서 나를 그 땅에 살게 해 주실까……. 아아! 난 끝난 것 같다. 도착 못 하겠어.'

파홈이 바라보니 해가 땅에 닿아있었다. 태양의 끄트머리가 가라앉기 시작하면서 아치형의 형태가 또렷하게 드러났다. 파홈은 마지막 남은 힘을 다하여 속도를 높였다. 몸을 앞으로 숙여 달리면서 발을 끌며 넘어지지 않게 지탱하였다. 파홈이 언덕 근처에 다다랐는데 갑자기 어두워졌다. 뒤돌아보니 해가 이미 넘어가 버린 듯했다. 파홈은 탄식을 토했다.

'나의 고생이 헛일이 되었구나!'

그는 멈추고 싶었다. 그런데 바슈키르인의 환호소리가 여전히 들려오자 퍼뜩 그가 있는 곳에서는 아래를 보면 이미 해가 진 것으로 보이겠지만, 언덕 꼭대기에서는 아직 해가 지지 않은 것으로 보이겠구나 하는 생각이 들었다. 파홈은 가슴이 부풀도록 숨을 잔뜩 들이마신 후 언덕 꼭대기를 향해 뛰어 올라갔다. 언덕 꼭대기는 아직 밝았다. 달려 올라온 파홈의 눈에 모자가 들어왔다. 모자 앞에는 촌장이 앉아 있었다. 그는 두 손으로 배를 움켜잡고 껄껄거리며 웃고 있었다. 파홈은 꿈이 떠올라서 깜짝 놀랐다. 순간, 그는 다리에 힘이 풀리면서 앞으로 고꾸라졌는데 그의 두 손이 모자에 닿았다.

"야아! 대단하오! 엄청나게 넓은 땅을 손에 넣으셨구려!"

촌장이 외쳤다. 파홈의 일꾼이 달려와 그를 일으켜 세우려 했으나 그는 입에 피를 흘린 채 쓰러져 죽어 있었다. 바슈키르인들은 혀를 끌끌 차며 애석해했다. 일꾼은 괭이를 들고 파홈의 무덤을 만들기 위해 더도 덜도 아닌 딱 3아르신(구 러시아 단위로서 1아르신은 71.12cm이다: 역주) 길이의 땅을 파서 그를 묻었다. 그것이 머리부터 발끝까지 파홈이 차지한 땅이었다.

세 가지 궁금증

손자 손녀와 대화를 나누고 있는 톨스토이

2018년 러시아 월드컵에서 한국은 독일을 2:0으로 이기는 등 선전을 했지만 16강에 오르지 못하고 조별 예선에서 탈락했습니다. 이번 월드컵에서도 각국의 많은 선수가 각광을 받았지만 특히 한국 팀에서는 골키퍼였던 조현우 선수가 발군의 기량을 보이며 스타로 우뚝 섰습니다. 그가 월드컵 경기가 모두 끝난 후 방송사와의 인터뷰에서 한 말이 화제가 되었습니다.

"저는 누군가의 꿈이 되고 싶습니다."

누구나 원하는 바이지만 참으로 어려운 일이고 뜻대로 되는 것도 아닙니다. 그는 국가대표 팀에서도 주전 골키퍼가 아닌 제2의 후보였으며 언제 A매치(국가 대항전) 데뷔전을 치를지 기약이 없었습니다. 그러다 어렵게 찾아온 단 한 번의 기회를 자기의 것으로 만들며 주전을 꿰차게 된 것입니다. 그는 말합니다.

"과거에 후보였던 건 중요하지 않다. 난 늘 오늘 게임에 주전이 되는 걸 상상하며 연습했고, 현재의 나에게 충실하면 미래는 자연히 따라 온다고 믿었다. 또한 이렇게 되기까지 묵묵히 뒷바라지를 해준 아내와 가족에게 감사한다."

너무나 당연한 말이고 아무나 할 수 있는 말이지만 과연 우리는 그렇게 하고 있나요? 과거에 얽매여 사람을 미워하고 자신을 원망하며 현재를 한탄하고 있지는 않나요? 또 그걸 핑계로 미래를 포기하지는 않았나요?

왜 현재가 중요한지, 왜 지금 내 옆에 있는 사람들이 소중한지 다음 글에서 톨스토이는 힘주어 설명합니다.

한 번은 황제가 이런 생각을 하였다.

'만약에 내가 어떤 일을 시작하려고 할 때 항상 그 정확한 시점을 알 수만 있다면, 그리고 그 일을 함께 해야 할 사람과 함께 해서는 안 될 사람이 누군지를 항상 알 수 있다면, 게다가 모든 일 가운데 가장 중요한 일이 무엇인지를 항상 알 수 있다면 어떤 일을 하더라도 절대 실패하지 않을 거야.'

곰곰 생각한 끝에 황제는 어떤 일을 할 때 있어서 알맞은 시간을 어떻게 구별할 수 있는지, 또 가장 필요한 사람들이 누구인가를 어떻게 알 수 있는지, 모든 일들 가운데에서 어떤 일이 가장 중요한지를 어떻게 판단할 수 있는지 등을 가르쳐 주는 사람에게 큰 상을 내리겠다고 전국에 선포하였다. 그래서 학자들이 황제에게 오게 되었는데 황제의 질문에 대해 그들의 대답은 가지각색이었다.

첫 번째 질문에 대해서 어떤 학자들은 이렇게 대답했다. 일을 하기에 알맞은 때를 알기 위해서는 하루, 한 달, 일 년 단위의 계획표를 미리 작성해 두고 정해진 일과를 철저히 지켜야 하며 그렇게만 한다면 모든 일이 제 때에 될 것이라고 했다. 다른 학자들은 어떤 일을 어느 시간에 할지 미리 결정해 놓아서는 안 되며, 쓸데없는 오락거리에 한눈을 팔지 말고 언제나 세상에서 일어나는 일들에 주의를 기울이면서 그때그때 요구되는 일을 해야 한다고 주장했다. 또 다른 이들은 말하기를, 아무리 세상일에 주의를 기울인다 해도 언제 어느 때에 어떤 일을 해야 할지를 일개 인간이 항상 올바르게 결정하기란 불가능하므로 현자들의 조언을 듣고 그 말에 따라서 결정하면 된다고 하였다.

다르게 말하는 이들도 있었다. 그들은 일을 시작할 때인지 아닌지를 조언자들에게 물어볼 시간이 없이 지금 당장 결정해야만 하는 일들도 있다고 말했다. 그리고 이것을 알기 위해서는 무슨 일이 일어날지를 미리 알 필요가 있으며, 이런 일을 아는 사람은 오직 점성가들 밖에 없다고 했다. 그러니 모든 일을 할 때마다 적합한 시기를 알기 위해서는 점성가들에게 물어 봐야 한다는 것이었다.

두 번째 질문에 대해서도 마찬가지로 다양한 대답이 나왔다. 어떤 이들은 황제를 보필하는 보좌관들이 가장 필요하다고 말하는가 하면 다른 이들은 신관(사제의 직을 수행하는 관리 중에 상주하며 종교적 예식을 수행하는 사제 - 역주)이 가장 필요하다고 했고, 또 다른 이들은 의사라고 했으며, 다른 이들은 황제에게 필요한 사람은 그 누구보다 군인들이라고 답하기도 했다.

'어떤 일이 가장 중요한가?'라는 세 번째 질문에 대해서도 각양각색의 대답이 나왔다. 어떤 이들은 세상에서 가장 중요한 일은 학문이라 했고, 다른 이들은 전쟁에서의 전술이라고 했고, 또 다른 이들은 신에 대한 경배라고 대답했다. 모든 답변이 제각각이었다. 이 때문에 황제는 그 어떤 대답에도 동의하지 않았고 누구에게도 상금을 내리지 않았다. 황제는 자신의 궁금증에 보다 올바른 답을 알아내고자 현명하다는 명성이 널리 알려져 있는 어떤 은자에게 이것을 물어보기로 결정했다.

그 은자는 숲속에 살았는데 아무데도 나가지 않았고 오직 평민들만 맞아들였다. 그래서 황제는 평민의 복장으로 갈아입고 호위병들은 놔두고 말에서 내려 혼자 은자의 거처까지 걸어갔다. 황제가 그에게 다가갔을 때 은자는 자신의 조그만 오두막 앞에서 밭이랑을 일구고 있었다. 그는 황제를 잠깐 쳐다보고 인사를 하더니 곧바로 밭이랑에 다시 몰두했다. 은자는 비쩍 마르고 기력이 없어 보였는데 삽으로 땅을 파내려 해도 자그마한 흙덩이리만 뒤집었고 그나마 힘겹게 숨을 몰아쉬곤 했다. 황제는 그에게 다가가며 말했다.

"지혜로운 은자님! 세 가지 궁금증에 답을 주시기를 간청 드리려고 이렇게 왔습니다. 나중에 후회하지 않기 위해서 반 드시 기억하고 놓치지 말아야 할 때가 언제입니까? 그리고 어떤 사람들이 가장 필요한 사람들입니까? 즉, 어떤 사람들 과 더 많은 시간을 함께 일하고 또 어떤 사람들과 적게 일해 야 합니까? 또 모든 일들 중에서 다른 일보다 앞서서 해야 하 는 가장 중요한 일은 무엇입니까?"

은자는 황제의 말을 끝까지 듣기는 했으나 아무런 대답도 없이 손바닥에 침을 뱉더니 다시 땅을 파기 시작했다.

"몹시 지치셨네요. 삽을 저에게 주십시오. 제가 대신 하겠 습니다." 황제가 말했다.

"고맙습니다."

은자는 삽을 넘겨주고는 땅 위에 앉았다. 두 이랑을 판 뒤 에 황제는 일손을 멈추고 자신의 질문을 반복했다. 은자는 아무런 대답도 하지 않고 일어서더니 삽 쪽으로 손을 내밀며 "이제 좀 쉬십시오. 제가 하겠습니다"하고 말했다. 하지만 황 제는 삽을 넘겨주지 않고 밭이랑 파기를 계속 했다. 한 시간 이 흐르고 두 시간이 흘러갔다. 해가 나무 뒤로 넘어가자 황 제는 삽을 땅에 꽂으며 말했다.

"현자님! 나는 나의 질문들에 답을 구하고자 당신에게 왔습니다. 만일 당신이 나에게 답을 해주실 수 없다면 그렇게 말씀해 주세요. 집으로 돌아가겠습니다."

그때 은자가 말했다.

"저기 누군가 이쪽으로 달려오고 있군요. 누구인지 볼까요?"

황제가 뒤돌아보니 정말로 수염이 텁수룩한 남자 하나가 숲에서 달려 나오고 있었다. 그 사람은 양손으로 배를 움켜쥐고 있었는데 그 손 아래로 피가 흐르고 있었다. 황제의 앞까지 달려온 그 털북숭이 사내는 땅 위에 쓰러져 의식을 잃고 가냘프게 신음만 할 뿐 꼼짝도 하지 않았다. 황제는 은자와 함께 그 사내의 옷을 벗겼다. 그는 복부에 큰 상처를 입은 상태였다. 황제는 상처를 최대한 깨끗이 씻어주고 자신의 손수건과 은자의 수건으로 동여매어 주었다. 하지만 출혈은 멈추지 않았다. 황제는 따뜻한 피로 인해 흠뻑 젖은 수건을 떼어내고 다시 상처를 깨끗이 씻은 다음 붕대를 새로 감아주는 일을 여러 번에 걸쳐 해주었다. 피가 멎을 때쯤 부상을 입은 남자가 의식을 되찾고 마실 물을 달라고 부탁했다. 황제는 맑은 물을 가지고 와서 그에게 마시게 했다.

어느덧 날이 완전히 저물어 선선해졌다. 황제는 은자의 도움을 받아 부상당한 자를 들어 은자의 방 침대에 눕혔다. 부상자는 침대에 눕자 눈을 감고 조용히 있었다. 황제 역시 낮에 걸어오기도 했고 일도 했기 때문에 무척 지쳐 있었다. 그래서 문어귀에 쪼그리고 누워 잠이 들고 말았다. 그는 짧은 여름밤 내내 무척 깊이 잠들었기에 아침에 잠이 깼을 때 침대에 누워서 번쩍이는 눈빛으로 자신을 뚫어져라 바라보고 있는 낯선 털북숭이가 누구인지를 한동안 깨닫지 못했다.

"나를 용서해 주십시오."

황제가 잠에서 깨어 그를 바라보는 것을 알고 털북숭이는 힘없는 목소리로 이렇게 말했다.

"나는 당신이 누군지도 모르고 용서할만한 일도 없습니다."

황제가 이렇게 말하자 그 남자는 대답했다.

"나는 당신의 적입니다. 당신은 나의 형을 사형에 처했고 나의 재산을 몰수했습니다. 나는 당신에게 복수하겠다고 맹세했지요. 나는 당신이 혼자서 은자에게 온 것을 알고 당신이 돌아가는 길에 죽이기로 결심했습니다. 하지만 하루가 다 가도록 당신은 모습을 나타내지 않았어요. 그래서 나는 당신이 어디 있는지 알아볼 생각으로 매복을 했던 곳에서 나왔다가 당신의 호위병들과 마주치게 됐습니다. 그들은 나를 알아보고 달려들어 부상을 입혔습니다. 그들에게서 간신히 도망쳤지만 당신이 상처를 동여매 주지 않았다면 나는 아마도 출혈 때문에 죽었을 겁니다. 나는 당신을 죽이려고 했는데 반대로 당신은 내 목숨을 구해준 것이지요. 이제 내가 만일 살아남을 수 있다면, 그리고 당신이 좋다고 하신다면, 당신의 가장 충직한 종이 되어 당신을 섬길 것이며, 나의 아들들에게도 그렇게 하라고 명령할 것입니다. 나를 용서해주시기 바랍니다!"

황제는 그처럼 쉽게 자신의 원수와 화해가 이루어져 만족스러웠다. 그래서 그를 용서했을 뿐만 아니라 재산을 돌려주고 그 외에도 그를 돌보아 주도록 자신의 하인들과 의사를 보내 주겠다는 약속도 했다. 황제는 그 남자와 작별 인사를 한 후에 현관 계단으로 나와서 은자를 찾았다. 떠나기에 앞서 황제는 자신이 던진 세 가지 질문에 대답을 해 달라고 은자에게 마지막으로 부탁하고 싶었다. 은자는 바깥에 있었다. 그는 전날 만들어 놓은 밭이랑 옆에서 무릎걸음으로 기며 밭고랑 안에 채소 씨앗을 심고 있었다. 황제는 그에게 다가가 말했다.

"은자님, 제 질문에 답을 주시기를 마지막으로 간청합니다."

"당신은 이미 답을 얻은 것이 아닌지요."

은자는 비쩍 마른 장딴지로 쪼그리고 앉아 자기 앞에 서 있는 황제를 아래에서 위로 올려다보며 말했다.

"어떤 답을 얻었다는 겁니까?" 황제가 말했다.

"어떤 답이냐고요?" 은자는 대답했다.

"만일 당신이 어제 나에게 동정심을 느끼지 않았다면 이 밭이랑들을 나대신 파는 일을 하지 않았을 겁니다. 그랬다면 혼자서 되돌아갔겠지요. 그랬다면 저 남자가 당신을 습격했을 것이고 당신은 이곳에 머물지 않은 것을 후회했을 겁니다. 따라서 가장 시기적절한 때는 당신이 이랑을 팔 때였으며, 가장 중요한 사람은 나였으며, 가장 중요한 일은 나에게 선의를 베푼 것이었습니다. 그 다음에 그 남자가 달려왔을 때, 가장 적절한 때는 당신이 그를 돌보아 주었을 때였습니다. 왜냐하면 만일 당신이 상처를 동여매주지 않았다면 그는 당신과 화해하지 못한 채 죽었을 것이기 때문이지요. 따라서 가장 중요한 사람은 그 남자였고 가장 중요한 일은 당신이 그에게 행한 일이었습니다. 그러니 기억하십시오. 가장 중요한 때는 단 하나, 바로 '지금'입니다. 그 이유는 '지금'만이 우리가 자신을 좌우할 수 있고 통제할 수 있는 유일한 순간이기 때문입니다. 그리고 가장 필요한 사람은 지금 이 순간, 내 옆에 있는 바로 그 사람입니다. 그 이유는 또 다른 사람과 인연을 맺게 될지 아닐지 아무도 알 수 없기 때문입니다. 또한 가장 중요한 일은 지금 함께 있는 사람에게 선을 행하는 것인데, 인간이 세상에 태어난 이유가 오직 그것이기 때문입니다."

사랑이 있는 곳에 신도 있다

아내 소피아와 함께 있는 톨스토이

2018년 여름은 기상 관측을 시작한 이래 111년만의 최고 더위라고 했습니다. 거리에 가만히 서 있어도 땀이 줄줄 흐르고 더위로 인한 온열 질환자가 수없이 발생했습니다.

밖에 있다 냉방 시설이 되어 있는 실내로 들어서면 입에서 절로 "야~! 여기가 천국이네!!" 하는 소리가 나왔습니다. 그렇습니다. 우리가 볼 수 없는 사후 세계보다는 직접 몸으로 느끼는 지옥과 천국의 차이는 이렇게 종이 한 장 차이입니다. 크리스찬인 저에게 친구들이 가끔 묻는 질문이 있습니다.

"넌 하느님이 있다고 생각하니? 그리고 기적을 믿어?"

교회를 다닌 지 꽤 오래지만 이런 질문은 저를 늘 난처하게 합니다. 그런데 언제부턴가 제 눈에 하느님이 보이고 매일 기적을 체험하게 되었습니다. 제가 하느님의 특별한 은총을 받은 걸까요? 물론 그건 아닙니다. 저 스스로 '하느님은 눈에 보이지 않는 신비한 분이다'라는 편견을 깨뜨린 것뿐입니다. 사실 하느님이 얼마나 바쁘십니까? 전 세계 곳곳의 분쟁과 크고 작은 사건·사고 등을 살피시려면 저 같이 하찮은 인간에게 직접 찾아올 시간이 있겠습니까? 그래서 대리인을 보내시는 겁니다. 제가 배가 고플 때면 음식을 주시는 어머님이나 식당 분들, 제가 우울할 때 웃음을 선사하는 가족과 친구들, 모두 사람의 모습을 한 하느님이었습니다. 또한 그들을 매일 만나는 것 자체가 기적이며, 큰 사고 없이 이제껏 살아왔고 현재도 윤택하게 잘 살아 가는 것, 그 모든 일들이 기적이었던 것입니다. 톨스토이의 다음 글을 읽어보면 제가 얘기한 것이 어떤 의미였는지 확실히 느끼실 수 있습니다.

어느 도시에 마르틴 아브제이치라는 구두장이가 살았다. 그는 창이 하나 달린 지하방에서 살았는데 그 창문은 거리를 향해 나 있었고 창문으로 사람들이 지나다니는 것이 보였다. 비록 발 이외에는 볼 수 없었지만 마르틴 아브제이치는 그들이 신은 신발로 사람들을 알아볼 수 있었다. 마르틴 아브제이치는 한곳에 오랫동안 살아온 덕분에 아는 사람들이 많았다. 인근에 한두 번 그의 손을 거쳐 가지 않은 신발이 드물 정도였다. 구두 밑창을 갈아준 것도 있고 가죽을 덧대어 기워 준 것도 있고, 어떤 때는 터진 가장자리에 테를 둘러 꿰매기도 하고 어떤 때는 새 구두를 만들기도 했다. 창문 옆에 앉아 있으면 자기가 맡았던 일감을 보는 일이 흔했다. 일거리는 많았다. 마르틴은 일을 확실하게 했고 질 좋은 가죽을 사용했으며 구두를 만들고 남은 가죽을 슬쩍 챙기지도 않았고 약속도 잘 지켰기 때문이다. 기한 내에 해줄 수 있는 경우에는 일을 맡았으나 그렇지 않은 경우에는 거짓말을 하지 않고 미리 솔직하게 말했다. 그런 마르틴을 모두들 알고 있었기에 그에게는 일감이 끊이질 않았다.

마르틴은 원래 착한 사람이었지만 나이가 들자 자신의 영혼에 대해 더 많이 생각하게 되었고 신을 한층 더 가까이 하게 되었다. 그의 아내는 마르틴이 아직 주인 밑에서 일하고 있을 때 세 살배기 아들을 남겨두고 세상을 떠났다. 그들 부부가 낳은 아이들은 오래 살지를 못했다. 먼저 태어난 아이들은 모두 죽었던 것이다. 처음에 마르틴은 아들을 시골에 사는 누이에게 맡길까 생각했지만 측은한 마음이 들어 고민을 했다.

'내 아기 카피토슈카가 낯선 집에서 자라는 건 힘든 일일 거야. 내 곁에 두어야겠다.'

그래서 마르틴은 주인집을 나와 셋방을 얻어 아들과 함께 살기 시작했다. 그러나 신은 마르틴에게 아이와 함께 하는 행복을 주지 않았다. 아이가 조금 자라서 아버지의 일을 도와줄 무렵, 아들이 주는 기쁨을 맛보기 시작할 때 병마가 카피토슈카를 덮쳤다. 아이는 몸져눕더니 일주일 동안 고열로 신음한 끝에 죽고 말았다.

아들을 땅에 묻고 난 후 마르틴은 절망했다. 그의 절망은 매우 깊어 급기야 신을 원망하기에 이르렀다. 그런 깊은 고통이 찾아오면 마르틴은 신에게 자신을 데려가 달라고 수차례 애원하기도 했고 늙은 자기 대신 하나밖에 없는 사랑스런 아들을 데려간 것을 비난하기도 했다. 마르틴은 교회에 나가는 것마저도 그만 두었다. 그러던 어느 날, 벌써 팔 년째 성지 순례를 하고 있다는, 같은 고향 사람인 어떤 노인이 마르틴의 집에 찾아왔다. 그는 트로이차 교회에서 오는 길이었다. 마르틴은 그와 더불어 이런 저런 얘기를 나누다가 자신의 마음 속 고뇌를 털어놓았다.

"순례자님, 저는 더 이상 살고 싶지 않습니다. 죽어 버렸으면 좋겠어요. 신에게 비는 것도 이것 한 가지뿐이랍니다. 지금 저는 아무런 희망도 없습니다."

그러자 노인이 대답했다.

"마르틴, 자네 말은 옳지 않네. 우리는 신이 하시는 일을 심판해서는 안 되네. 우리들 인간의 지혜가 아니라 신의 판단을 따라야 한다네. 신은 자네의 아들에게는 죽음을, 자네에게는 삶을 결정하셨네. 그것이 신의 뜻이야. 그런데 자네가 이처럼 낙담을 하고 있는 이유는 자네가 자기 자신의 기쁨만을 위해서 살고 싶어 하기 때문이네."

"아니, 그렇다면 도대체 무엇을 위해 살아야 한다는 말입니까?" 마르틴의 물음에 노인이 대답했다.

"신을 위해 살아야 해, 마르틴. 신이 자네에게 생명을 주었네. 그러니 그를 위해 살아야지. 신을 위해 살기 시작할 때

한탄할 일도 사라지고, 자네에게 일어나는 모든 일이 편안하게 느껴질 거야."

마르틴은 잠시 침묵하다 말문을 열었다.

"그런데 신을 위해 산다는 건 어떻게 사는 것이지요?"

노인이 대답했다.

"신을 위해 어떻게 살지는 그리스도께서 우리에게 보여 주셨어. 자네 글 읽을 줄 아나? 성경을 사서 읽어보게. 신을 위해 사는 게 어떤 것인지 알게 될 거야. 거기에 모든 가르침이 들어 있다네."

이 말이 마르틴의 마음에 깊이 새겨졌다. 그래서 그는 그날로 큰 글씨체로 출판된 신약성경을 사서 읽기 시작했다. 처음에는 휴일에만 읽을 생각이었지만 읽기 시작하니, 그의 마음이 그지없이 편안해져서 매일 읽게 되었다. 마르틴은 때로 성경 읽기에 지나치게 몰입하여 석유램프의 기름이 다 닳을 때까지 손에서 책을 놓지 못했다. 이렇게 마르틴은 매일 저녁 성경을 읽었다. 성경을 읽으면 읽을수록 신이 그에게 무엇을 바라는지 그리고 어떻게 해야 신을 위해 살게 되는 것인지를 더욱 분명하게 이해할 수 있었고 그래서 그의 마음 역시 점점 더 가벼워졌다.

예전에는 잠자리에 누우면 한탄만 나오고 온통 카피토슈카 생각뿐이었지만, 이제는 오직, "하느님 감사합니다. 뜻대로 하소서"라고 말하게 되었다. 그때부터 마르틴의 생활은 완전히 바뀌었다. 전에는 휴일이 되면 그도 선술집에 들러 차도 한잔 마시고 보드카도 사양하지 않았다. 아는 사람들과 어울려 술을 마시고는 취하지는 않았지만 다소 거나해진 상태로 선술집을 나와서는 큰 소리로 사람들 이름을 외쳐 부르거나 다른 사람을 비난하는 등, 쓸데없는 말들을 떠들어대고는 했었다. 지금은 이 모든 것들이 자연스레 그에게서 사라졌다. 그의 생활은 평온해졌고 기쁨이 넘쳤다. 아침에 일을 시작하여 하루 일과를 끝내고 나면 갈고리못에서 작은 램프를 떼어내어 식탁 위에 올려놓고 선반에서 성경을 꺼낸 다음 펼쳐놓고 읽었다. 읽으면 읽을수록 깨닫는 것도 많아져서 마음도 더욱 명료하고 즐거워졌다.

한번은 마르틴이 밤늦게까지 성경 읽기에 몰두하고 있을 때였다. 그는 〈루카복음서〉를 읽고 있었다. 6장을 읽어 나가다 이런 구절을 읽게 되었다.

"네 뺨을 때리는 자에게 다른 뺨을 내밀고, 네 겉옷을 가져가는 자는 속옷도 가져가게 내버려 두어라. 달라고 하면 누구에게나 주고, 네 것을 가져가는 이에게서 되찾으려고 하지 마라. 남이 너희에게 해 주기를 바라는 그대로 너희도 남에게 해 주어라." (루카복음 6장 29절-31절 – 역주)

그 구절을 좀 더 읽어 나갔다. 거기에 그리스도께서 다음과 같이 말씀하셨다.

"너희들은 어찌하여 나를 '주님, 주님!' 하고 부르면서, 내가 말하는 것은 실행하지 않느냐? 나에게 와서 내 말을 듣고 그것을 실행하는 이가 어떤 사람과 같은지 너희에게 보여 주겠다. 그는 땅을 깊이 파서 반석 위에 기초를 놓고 집을 짓는 사람과 같다. 홍수가 나서 강물이 집에 들이닥쳐도, 그 집은 잘 지어졌기 때문에 전혀 흔들리지 않는다. 그러나 내 말을 듣고도 실행하지 않는 자는, 기초도 없이 맨땅에 집을 지은 사람과 같다. 강물이 들이닥치자 그 집은 곧 허물어져 버렸다."(루카복음 6장 46-49절 – 역주)

마르틴은 이 말씀을 읽자 마음에 기쁨이 가득했다. 그는 안경을 벗어 성경 위에 올려놓고 팔꿈치를 탁자 위에 얹고 턱을 괸 채 생각에 잠겼다. 그는 자신의 삶을 이 말씀에 비추어 가늠해 보았다. 그리고 마음속으로 생각했다.

'나의 집은 반석 위에 지어졌을까, 아니면 모래 위에 지어져 있는 걸까? 반석 위에 지어졌다면 좋을 텐데. 마음이 가볍구나. 혼자 앉아서 생각하면 모든 걸 신이 시키신 대로 다 하고 있는 것처럼 보이는데 조금만 방심해도 다시금 잘못을 저지르게 되지. 계속 열심히 노력해야겠어. 참으로 즐겁구나. 하느님, 저를 도와주소서!'

그는 이런 생각을 하며 잠을 청하려고 누웠으나, 책에서 물러나기가 못내 아쉬웠다. 그래서 내친 김에 7장을 더 읽기 시작했다. 백인대장 이야기를 읽어 내려갔고, 과부의 아들 이야기도 읽었다. 또 요한이 제자들에게 대답한 것에 대해 읽었고, 부유한 바리새인이 그리스도를 자기 집에 초대한 대목을 읽었으며 죄지은 여인이 그리스도의 발에 향유를 바르고, 그의 발을 눈물로 닦는 이야기와 그리스도가 그 여인의 죄가 없어졌다고 인정한 부분을 내리 읽었다. 그러다 그는 44절에 이르러 이런 구절을 읽기 시작했다.

"그 여자를 돌아보시며 시몬에게 이르셨다. '이 여자를 보아라. 내가 네 집에 들어갔을 때 너는 나에게 발 씻을 물도 주지 않았다. 그러나 이 여자는 눈물로 내 발을 적시고 자기의 머리카락으로 닦아 주었다. 너는 나에게 입을 맞추지 않았지만, 이 여자는 내가 들어왔을 때부터 줄곧 내 발에 입을 맞추었다. 너는 내 머리에 기름을 부어 발라 주지 않았다. 그러나 이 여자는 내 발에 향유를 부어 발라 주었다.'"(루카복음 7장 44-46절 - 역주)

그는 이 구절을 읽은 후 곰곰 생각했다. '발을 씻을 물도 주지 않았고 입맞춤도 하지 않았고, 머리에 기름을 발라주지도 않았다…….'

마르틴은 안경을 벗어 성경 위에 올려놓고 또다시 생각에 잠기기 시작했다.

'그래. 그 바리새인도 꼭 나처럼 그랬던 것 같군. 마찬가지야, 나도 그런 것 같아. 내 자신만 생각했어. 어떻게 하면 나만 차 한 잔 마시고, 나만 따뜻하고 편안하게 지낼까 생각했지, 손님 생각은 전혀 안 했어. 그런데 손님이 누구지? 바로 그리스도야. 만일 그리스도께서 나에게 오신다면 내가 그렇게 할 수 있을까?'

마르틴은 두 팔을 턱에 괴고는 자신도 모르는 사이에 스르르 졸기 시작했다.

"마르틴!"

갑자기 누군가 그의 한쪽 귀 옆에서 숨을 내쉬는 것 같았다. 깜짝 놀라 깨어난 마르틴은 잠에 취한 소리로 말했다.

"거기 누구요?"

그는 몸을 돌려 문 쪽을 바라보았으나 아무도 없었다. 그는 다시 엎드린 채 잠이 들었다. 갑자기 선명한 소리가 들려왔다.

"마르틴, 마르틴! 내일 거리를 내다 보거라. 내가 가겠다."

마르틴은 잠에서 깨어 의자에서 벌떡 일어나 눈을 비볐다. 방금 들은 말이 꿈인지 생시인지 그 자신도 알 수가 없었다. 그는 램프를 끄고 잠을 청했다.

다음 날 아침 동 트기 전 마르틴은 일어나서 신에게 잠시 기도를 드린 후 페치카에 불을 지펴 양배추 스프와 죽을 식탁에 차려 놓고 사모바르(구리나 은으로 만든 러시아 특유의 주전자 – 역주)를 준비한 후 앞치마를 두르고 일을 하려고 창가에 앉았다. 일을 하면서도 내내 어젯밤 일에 대해 생각했다. 두 가지 생각이 들었다. 그런 소리가 들린 것처럼 착각을 하는 것 같기도 하고, 실제로 그 목소리를 들은 것 같기도 했다.

"좋아, 뭐 그럴 수도 있지."

마르틴은 창가에 앉아 있었지만, 일을 하기보다는 창밖을 내다보며 누군가 눈에 낯선 신발을 신고 지나가면 발뿐만 아니라 얼굴까지 보기 위해 몸을 굽혀서 창밖을 살펴보곤 했다. 마을 청소부가 새 펠트 장화를 신고 지나갔고 물을 운반하는 일꾼이 지나갔다. 그 다음에 니콜라이 시대의 늙은 군인이 가장자리를 덧대어 기운 낡은 펠트 장화를 신고 양손에는 삽을 들고 창문 근처까지 다가왔다. 마르틴은 신발을 보고 그를 알아보았다. 스테파느이치라고 불리는 노인이었다. 그는 이웃집 상인의 호의로 함께 살고 있었다. 그에게 맡겨진 일은 마을 청소부를 도와주는 것이었다. 그는 마르틴의 창문 맞은편 쪽에 쌓인 눈을 쓸기 시작했다. 마르틴은 그를 바라보다가 잠시 멈추었던 일감을 다시 붙들었다. 마르틴은 자신을 비웃었다.

"쯧쯧, 바보 멍청이가 됐어. 틀림없어. 늙은 탓이야. 스테파느이치가 눈을 치우고 있는데 그리스도가 나에게 오고 있다고 생각하다니. 완전히 바보 늙다리 영감이 되어 버렸군."

하지만 열 땀 정도를 바느질하고 나서 그는 저절로 다시 창문 쪽을 바라보게 되었다. 창문 너머를 바라보니 삽을 벽에 기대 세워놓고 몸을 녹이고 있는 것인지 쉬고 있는 것인지 알 수 없는 모습의 스테파느이치가 보였다. 노인은 늙고 고생에 찌들어서 눈을 치울 힘도 없어 보였다. 마르틴은 생각했다.

'저 사람에게 차를 한 잔 대접 할까, 마침 사모바르의 물도 끓고 있는데.'

마르틴은 바늘을 꽂아놓고 일어나서 사모바르를 식탁에 올려놓은 후 차를 한 잔 가득 채웠다. 그리고 손가락으로 창 유리를 두들겼다. 스테파느이치는 몸을 돌려 창문 쪽으로 다 가왔다. 마르틴은 그를 손짓으로 부르고는 문을 열어주러 갔 다.

"들어와서 몸을 좀 녹여요. 몸이 꽁꽁 얼었네요. 차 한 잔 하시죠." 그가 말했다.

"주여, 저희를 구원하소서!(인사말임. 감사합니다!라는 뜻 – 역 주) 뼈마디가 다 쑤시네요."

스테파느이치가 말했다. 그는 들어오면서 몸에 쌓인 눈을 흔들어 털었다. 그리고 실내 바닥에 눈 자국이 남을까봐 발 을 문질러 닦으려다 그만 비틀거리며 쓰러질 뻔 했다. 마르 틴이 말했다.

"닦지 않아도 돼요. 내가 할게요. 나야 늘 하는 일이니까. 들어와서 앉아요. 차나 한 잔 드세요."

마르틴은 차를 두 잔에 가득 따른 후, 한 잔은 손님 쪽으로 내밀고, 그 자신은 자신의 잔에 따른 찻물이 뜨거워서 후후

불기 시작했다. 스테파느이치는 찻잔을 비운 후 거꾸로 엎어 놓고는 그 위에 먹고 남은 설탕 조각을 올려놓았다. 그리고 고맙다고 말했다. 하지만 더 마시고 싶은 기색이 역력해 보였다.

"더 드세요."

마르틴은 이렇게 권하며 자신의 잔과 손님의 잔에 가득히 차를 더 따랐다. 마르틴은 차를 마시면서도 자꾸만 길거리 쪽을 바라보곤 했다.

"누구를 기다리고 있나요?" 손님이 물었다.

"누구를 기다리느냐고요? 누구를 기다리는지 말하기가 좀 계면쩍은데……. 기다린다고 하기도 그렇고 기다리지 않는다고 하기도 좀 그런데요, 말 한 마디가 마음속에서 떠나지 않습니다. 꿈인지 생시인지 저 자신도 잘 모르겠습니다. 저기 말이죠, 제가 어제 우리 주 예수 그리스도에 관한 복음서를 읽었습니다. 그리스도께서 여기저기 다니시면서 고난을 겪으시는 부분 말입니다. 아마도 들어 보신 적이 있을 것 같은데요……?"

"듣기는 들었어도 나는 까막눈이라 글을 읽을 줄 모릅니다." 스테파느이치가 대답했다.

"아, 그런가요, 그리스도께서 이곳저곳 다니시던 바로 그 부분을 읽었는데, 그걸 읽으면서 그리스도께서 바리새인에 게 오셨는데 그가 그리스도를 맞아들이지 않았다는 것을 알 게 되었어요. 그런데 말입니다, 어제 내가 바로 이 부분을 읽 고 곰곰이 생각하게 됐습니다. 어째서 그리스도를 존경스럽 게 집에 맞아들이지 않았는지를. 이를테면 나 또는 다른 누 구라도 주님을 어떻게 맞아들여야 하는지 모를 수도 있지 요. 그래서 그 바리새인은 그리스도를 영접하지 않았던 것이 죠. 바로 그런 생각을 하다가 깜빡 졸았습니다. 꾸벅꾸벅 졸 고 있는데 누가 부르는 소리가 들리지 않겠습니까! 나는 벌 떡 일어났지요. 흡사 누군가 속삭이는 것 같은 소리로 '기다 려라, 내일 내가 너에게 가겠다'라고 말하더군요. 두 번씩이 나 말이죠. 자, 믿어지지 않겠지만 이 말이 뇌리를 떠나지 않 아요. 저는 스스로를 나무랐지만 그러면서도 한편으로는 줄 곧 주님을 기다리고 있는 겁니다."

스테파느이치는 머리를 흔들었지만 아무 말도 하지 않았 다. 그러고는 잔을 마저 비운 후 옆으로 밀어 놓았다. 하지만 마르틴은 찻잔을 들어 한 번 더 가득 차를 따랐다.

"많이 드세요. 이런 생각도 듭니다. 주님께서 이곳저곳을 순례하실 때, 사람을 가리지 않고 오히려 보통 사람과 더 많이 어울리셨어요. 늘 평범한 사람들 가운데 돌아다니셨고, 제자들도 모두 우리 형제들 중에서, 즉 우리처럼 죄 많은 사람들과 노동자들 중에서 고르셨지요. 그분은 자신을 높이는 사람은 낮아지고 낮추는 사람은 높아질 것이라고 하셨어요. 또 너희들은 나를 주님이라 부르지만 나는 너희들의 발을 씻어주겠노라는 말씀도 하셨지요. 가장 높은 사람이 되기를 원한다면 모두를 섬기는 하인이 되어야 한다고 하셨어요. 왜냐하면 마음이 가난한 사람, 겸손한 사람, 온유한 사람, 친절한 사람은 행복하다고 하셨기 때문이지요."

스테파느이치는 차를 마시는 것도 잊었다. 그는 나이가 들었고 천성이 여린데다 눈물이 많은 사람이었다. 앉아서 듣고 있는데 눈물이 뺨 위로 흘러 내렸다.

"자, 더 드세요." 마르틴이 말했다.

하지만 스테파느이치는 성호를 긋고 감사하다는 말을 한 후 찻잔을 옆으로 밀며 일어섰다.

"감사합니다. 나를 이처럼 환대해주고 몸도 마음도 모두 배부르게 먹여 주셨습니다."

"별 말씀을……. 다음번에도 들러 주세요. 손님이 오시면

기쁩답니다."

마르틴이 말했다. 스테파느이치가 가고 나서 마르틴은 남은 차를 마저 마시고는 식기들을 세척한 후 구두 뒤축을 꿰매는 일을 하려고 다시 창가에 앉았다. 구두 뒤축을 박으면서도 줄곧 창 쪽을 바라보았다. 그리스도를 기다리며 그리스도에 관한 것과 그리스도께서 하신 일들에 대해서 계속 생각하였다. 그의 머릿속은 온통 그리스도께서 하신 말씀으로 가득했다.

군인 두 명이 지나갔다. 한 명은 나라에서 지급한 장화를, 또 다른 사람은 자기 개인 장화를 신고 있었다. 그 다음에는 깔끔한 덧신을 신은 옆집 주인이 지나갔고, 광주리를 든 빵가게 주인이 지나갔다. 그들이 모두 다 창 옆을 지나간 후, 털실로 짠 긴 양말에 시골에서 신는 목이 짧은 장화를 신은 한 여인이 창가에 나타났다. 그 여자는 창문 옆을 지나쳐 벽 근처에 멈춰 섰다. 마르틴이 창문 밑에서 언뜻 보니 허름한 차림의 낯선 여자가 아기를 안고 서 있었다. 그 여자는 바람을 등지고 벽 쪽에 서서 아기를 감싸 주려 했지만 아기를 감쌀만한 것이 마땅치 않아 보였다. 여자가 입은 옷은 여름옷인데다 남루했다. 마르틴은 창문 너머로 아기가 우는 소리와 아기를 달래려고 한참이 지나도록 애쓰는 소리를 들었다. 그는 일어나 문 밖으로 나가 층계참에서 소리쳤다.

"아주머니, 아주머니!"

여자가 그 소리를 듣고 뒤를 돌아보았다.

"도대체 이렇게 추운 날 아기를 데리고 어떻게 밖에 서 있는 거요? 잠깐 들어왔다 가세요. 따뜻한 데서 아기를 추스르는 게 좋을 것 같소. 이리로 들어와요."

여자가 깜짝 놀라서 보니, 앞치마를 두르고 안경을 코에 걸친 나이 지긋한 노인이 자기를 부르고 있었다. 여자는 노인의 뒤를 따라갔다. 계단을 따라 아래로 내려간 뒤 방 안으로 들어가서 노인은 여자를 침대가 있는 곳으로 안내해 주었다.

"여기로 와서 좀 앉아요, 아주머니. 페치카에 가까이 와서 몸을 녹이고 아기에게 젖도 주시구려."

"젖이 좀처럼 나오지를 않아요. 아침부터 계속 굶어서요." 여자는 이렇게 말하면서도 아기에게 젖을 물렸다. 마르틴은 고개를 가로 저었다. 그는 식탁으로 가서 빵과 접시를 꺼내 놓은 후 페치카 화덕의 뚜껑을 열어서 양배추 스프를 꺼내어 접시에 한가득 따랐다. 그리고 죽이 담긴 냄비를 꺼내 보았지만 아직 채 끓지 않은 상태여서, 양배추 스프 한 가지만 식탁에 내놓았다. 그는 빵을 꺼내고 못에 걸려있는 작은 수건을 가져다 식탁에 펼쳐 놓았다.

"앉아서 좀 드세요. 아주머니, 아기 옆에는 내가 잠깐 앉아 있을 테니까. 나한테도 자식들이 있었기 때문에 아이를 돌볼 줄 알아요."

여자는 성호를 긋고 식탁 앞에 앉아 식사를 시작했고 마르틴은 아기가 있는 침대에 걸터앉았다. 그는 입술로 쪽쪽 소리를 내어 아기를 달래보려 했으나 이빨이 없어서인지 소리가 잘 나지 않았다. 아기는 계속 울었다. 그래서 마르틴은 손가락으로 아기를 얼러보려는 생각에 아기의 입 가까이에 자기 손가락을 올렸다 뗐다 해보았다. 손가락이 제화용 역청으로 더럽혀져 까맣게 되어 있기 때문에 아기의 입에 닿지 않도록 했다. 아기는 손가락을 바라보느라 잠잠해졌고 이윽고 웃기 시작했다. 마르틴은 기뻤다. 한편 여자는 식사를 하면서 자신이 누구인지 어디를 다녀왔는지 물어보지도 않았는데 이야기하기 시작했다.

"저는 군인의 아내예요. 남편은 먼 곳에 보내졌는데 8개월째 소식이 없어요. 저는 남의 집 하녀로 일하다가 아이를 낳았어요. 하지만 아이를 데리고 일을 할 수가 없었지요. 벌써

석 달 째 일자리가 없어 고생하고 있어요. 가지고 있던 옷가지는 전부 팔았어요. 유모 자리라도 가고 싶은데 써 주지를 않아요. 너무 말라서 안 된다는 거예요. 그러다 마침 가겟집 주인마님에게 다녀오게 됐어요. 거기에 제가 알고 지내는 아줌마가 일하는데 저를 써 주겠다고 약속했거든요. 저는 바로 들어갈 줄 알았는데 마님이 다음 주부터 오라고 분부하셨지요. 거기가 너무 멀어서 가며오며 저는 저대로 굶어서 기운이 빠지고 가엾은 아기도 고통을 겪었어요. 감사한 일은 마님께서 저희 처지를 딱하게 여기셔서 공짜로 거처할 방을 주셨어요. 그렇지 않았다면 어떻게 살아가야 할지 막막했을 겁니다."

마르틴은 휴우하고 한숨을 내쉬고 나서 말했다.

"그런데 따뜻한 옷가지가 하나도 없어요?"

"네, 어르신. 따뜻한 옷이 어디 있겠어요? 하나밖에 없는 숄마저 어제 20코페이카에 저당 잡혔어요."

여자가 침대 쪽으로 가서 아기를 품에 안는 동안 마르틴은 일어나서 벽 쪽으로 다가가 잠시 뒤적거리며 뭔가를 찾더니 오래된 반외투를 가지고 왔다.

"비록 좋은 외투는 아니지만 그래도 몸을 감싸는 데에는 쓸모가 있을 거요."

여자는 외투와 노인을 번갈아 보더니 외투를 받아들고 울음을 터뜨렸다. 마르틴은 얼굴을 돌렸다. 그리고는 침대 밑으로 기어 들어가 작은 상자를 하나 끄집어내어 그 안을 뒤지더니 다시 여자 맞은편에 와서 앉았다. 여자가 입을 열었다.

"하느님의 은총을 빕니다, 어르신. 그리스도께서 저를 이 집 창문 아래로 이끄신 게 틀림없어요. 하마터면 아이가 얼어 죽을 뻔했어요. 아침에 길을 나섰을 때만해도 따뜻했는데 갑자기 꽤 추워졌어요. 아마 그래서 그리스도께서 인도하셨나봐요. 어르신께서 창밖을 보시도록, 그래서 저의 비참한 처지를 가엾게 여기시도록 말입니다."

마르틴은 빙긋이 웃으며 말했다.

"그것 또한 그리스도께서 인도하신 거지요. 제가 창밖을 내다보는 건 이유가 있어서입니다."

마르틴은 군인의 아내에게 자신의 꿈 이야기를 들려주었다. 목소리를 들었고 그 목소리가 오늘 주님께서 그를 찾아오겠다고 약속했다는 이야기를 들려주었다.

"전부 있을 수 있는 일이지요."

여인은 이렇게 말하면서 일어서더니 반외투를 걸쳤다. 그

것으로 품 안의 아기를 감싸고는 마르틴에게 절을 하며 다시 한번 감사하다고 말했다.

"그리스도를 위하여, 받으세요."

마르틴은 이렇게 말하며 그녀에게 20코페이카 동전을 내놓았다.

"숄을 되찾아 오세요."

여자는 성호를 그었고 마르틴도 성호를 그으며 그녀를 배웅했다. 여인이 돌아간 뒤, 마르틴은 양배추 스프를 먹고 식탁을 치우고 나서 다시 일을 하려고 앉았다. 일을 하면서도 창문을 의식하고 창문 앞이 어두워지면 즉시 누가 지나가고 있는지 흘끗 바라보곤 했다. 아는 사람도 지나다녔고 낯선 이들도 지나 다녔지만 특이할 만한 일은 전혀 일어나지 않았다. 그러다 마르틴은 문득 자신의 창문 바로 맞은편에 행상인 노파 한 사람이 서 있는 것을 보았다.

그 노파는 사과 바구니를 들고 있었다. 이미 몇 개 남지 않은 것으로 보아 거의 다 판 것이 분명했는데, 한쪽 어깨에는 나무 조각들이 들어있는 자루를 하나 걸치고 있었다. 어딘가 공사장에서 주워 집으로 가져가는 게 분명했다. 그런데 무거운 자루가 어깨를 아프게 당겨서인지 자루를 다른 쪽 어깨에 바꿔 메려고 했다. 노파는 자루를 길에 내려놓고, 사과 바구니를 말뚝 위에 올려놓은 다음 자루를 흔들어서 나무 조각들의 부피를 줄이려 했다. 노파가 자루를 흔들어 정리하고 있는 순간, 어디선가 갈기갈기 헤진 남성용 모자를 쓴 사내아이가 느닷없이 나타나서 바구니에 있는 사과 한 알을 살짝 꺼냈다. 그 소년은 노파가 눈치 채지 못하게 잽싸게 도망치려 했는데 노파가 바로 돌아서서 소년의 소맷자락을 움켜쥐었다. 소년은 노파의 손을 뿌리치고 도망가려고 했지만 노파가 소맷부리를 잡고 모자를 쳐서 떨어뜨린 후 소년의 머리카락을 붙잡았다. 소년은 비명을 질렀고 노파는 욕설을 퍼부었다.

마르틴은 들고 있던 제화용 송곳 바늘을 어디에 꽂아 놓을 새도 없이 바닥에 던져버리고는 밖으로 뛰어 나갔다. 계단에서 넘어져 안경도 떨어뜨렸지만 그대로 달려 나갔다. 노파는 소년의 머리카락을 움켜잡고 경찰에게 끌고 가려 했고 소년은 뿌리치면서 계속 발뺌을 했다.

"나는 안 가져갔다니까요. 왜 때리는 거예요? 이거 놓으라고요!"

마르틴은 두 사람을 떼어 놓은 후 소년의 손을 잡고 말했다.

"할머니, 이 아이를 놓아 주시고 그리스도의 이름으로 제

발 용서해 주세요!"

"용서해주지! 하지만 일 년 동안 이 일을 잊지 못하게 흠씬 매를 때려 주겠어! 이 악당 녀석을 경찰한테 끌고 갈 거야." 마르틴은 노파에게 간청했다.

"할머니, 놓아 주세요. 앞으로는 안 그럴 겁니다. 제발 아이를 놓아 주세요!"

노파가 소년을 놓아주자 소년은 도망가려고 했다. 하지만 마르틴은 소년의 손을 붙잡아 도망가지 못하게 했다.

"할머니에게 용서해 달라고 빌어라. 그리고 앞으로는 그런 짓 하지 마라! 네가 사과를 가져가는 걸 내가 봤다."

소년은 울음을 터뜨리면서 노파에게 용서를 빌기 시작했다.

"그래, 됐다. 이제 이 사과는 네 거야." 이렇게 말하면서 마르틴은 바구니에서 사과 한 알을 집어 들고 소년에게 주었다.

"할머니, 내가 사과 값을 내겠습니다." 그는 노파에게 말했다.

"이런 못된 놈의 응석을 그렇게 받아주다니요. 이런 놈은 일주일 정도 바닥에 앉지 못할 만큼 혼내줘야 해요!"

"어휴, 할머니. 우리들이 보기에는 그렇지요. 하지만 하느님이 보시기에는 그렇지 않아요. 사과 한 개 때문에 아이를 채찍질 한다면 우리가 지은 죄에 대해서는 무슨 벌을 받아야 합당할까요?"

노파는 잠자코 있었다. 마르틴은 주인이 자신의 소작농의 큰 빚을 전부 탕감해 주었는데 정작 그 소작농은 자기에게 빚진 사람을 찾아가 빨리 갚으라며 괴롭혔다는 우화를 노파에게 들려주었다. 노파는 이야기를 끝까지 듣고 있었고 소년도 옆에 서 있었다.

"하느님께서는 용서하라고 하셨어요. 그러지 않으면 우리도 용서받지 못할 거라고 명하셨지요. 모두를 용서하라고 하셨으니 아무것도 모르는 아이는 더욱 용서해야지요."

노파는 머리를 가로저으며 한숨을 내쉬었다.

"맞는 말이지만 애들이 너무 버릇이 없잖아요."

"그러니까 나이 먹은 어른들이 아이들을 일깨워 줘야지요." 마르틴이 말했다.

"내 말이 바로 그거예요." 노파가 대답했다. "나도 자식이 일곱이나 있었는데 지금은 딸 하나만 남았지요."

그러면서 노파는 자신이 딸과 어디서 어떻게 살고 있는지,

손주가 몇 명인지를 이야기했다.

"그런데 이제 기력이 떨어져서……. 그래도 계속 일하고 있어요. 어린 손주들이 불쌍해서요. 손주들이 참 착해요. 그 아이들처럼 나를 따뜻하게 맞아주는 사람은 세상에 아무도 없답니다. 아크슈트카는 한시도 내 곁을 떠나지 않으려 한답니다. '할머니, 사랑하는 우리 할머니……' 이러면서 말이죠."

노파는 이제 마음이 완전히 풀어졌다.

"물론, 어리니까 그런 짓을 했겠지. 하느님께서 이 아이와 함께 하시기를."

노파는 소년 쪽을 보며 말했다. 노파가 어깨에 자루를 을러 매려고 하자 소년이 재빨리 뛰어가서 말했다.

"할머니, 제가 들어 드릴게요. 저도 같은 방향이에요."

노파는 고개를 끄덕이고 소년에게 자루를 들려주었다. 그들은 길을 따라 나란히 걸어갔다. 노파는 마르틴에게 사과 값을 받아내는 것도 잊어버렸다. 마르틴은 그 자리에 서서 두 사람을 한동안 지켜보며 그들이 걸어가며 연신 뭔가 말하는 소리를 들었다.

마르틴은 그들을 보내고 자신의 작업장으로 돌아왔다. 도중에 계단에서 안경을 찾아냈는데 깨진 데는 없었다. 그는 바늘을 집어 들고 다시 일감을 잡고 앉았다. 일을 얼마 하지도 않았는데 실이 제대로 꿰어지지 않아 밖을 보았더니 어느새 점등원이 가로등에 불을 켜면서 지나가고 있었다.

'그새 불을 켤 때가 되었군.'

그는 이런 생각을 하며 램프에 기름을 넣고 불을 켜서 벽에 건 후, 다시 일에 착수했다. 그는 구두 한 짝을 마무리하고는 이리저리 돌리며 찬찬히 살펴보았다. 구두는 훌륭하게 만들어졌다.

그는 연장을 차곡차곡 넣고 가윗밥을 쓸어 담았다. 구두용 실과 천 조각, 구두용 송곳 등을 정리한 후, 램프를 내려서 탁자 위에 올려놓고 선반에서 성경을 꺼내왔다. 그는 어제 저녁에 가죽 책갈피를 끼워 두었던 곳을 펼치려고 했는데 다른 페이지가 펼쳐졌다. 성경을 펼치자마자 마르틴은 어젯밤의 꿈이 떠올랐다. 꿈을 회상하자마자 갑자기 누군가 그의 등 뒤에서 소리 없이 살짝 발걸음을 옮기는 듯한 소리가 들렸다. 뒤돌아보니 어두운 구석에 사람이 서 있는 것이 분명히 보였다. 서 있는 게 사람이기는 한데 누구인지 식별할 수가 없었다. 그때 그의 귓가에 속삭이는 목소리가 들렸다.

"마르틴! 마르틴! 정말 나를 알아보지 못했느냐?"

"누구 말인가요?" 마르틴이 말했다.

"나 말이다. 이게 바로 나란 말이다."

그러더니 어두운 한쪽 구석에서 스테파느이치가 나타났다. 그는 조용히 미소를 짓더니 구름처럼 형체도 없이 사라져 버렸다.

"이것도 나다." 목소리가 말했다.

그러자 어두운 구석에서 아기를 품에 안은 여인이 나타났다. 여인은 빙그레 웃었고 아기도 방긋 웃더니 마찬가지로 사라져버렸다.

"이것도 나다." 목소리가 말했다.

곧이어 사과를 든 소년과 노파가 나타나 미소를 짓더니 역시 사라져 버렸다. 마르틴의 마음에는 기쁨이 넘쳤다. 그는 성호를 긋고 안경을 쓴 뒤 성경의 펼쳐진 쪽의 위에서부터 읽어 내려갔다.

"너희는 내가 굶주렸을 때에 먹을 것을 주었고, 목말랐을 때에 마실 것을 주었으며, 나그네였을 때에 따뜻이 맞이하였다……." (마태복음 25장 35절 – 역주)

이어서 그 아래 구절들도 읽어 내려갔다.

"너희가 여기 있는 형제 중에 가장 보잘 것 없는 사람 하나

에게 해 준 것이 바로 나에게 해 준 것이다."(마태복음 25장 40
절 - 역주)

마르틴은 비로소 그의 꿈이 헛되지 않았으며, 바로 그 날
그리스도가 그를 찾아 오셨고, 자신이 그분을 따뜻하게 영접
했다는 것을 깨닫게 되었다.

불은 놓아두면 끄지 못 한다

안톤 체홉과 대화를 나누는 톨스토이

문명이 발전할수록 그에 반해 사람들의 정서는 메말라져서 층간 소음이나 주차 문제로 인한 이웃 간의 다툼을 자주 볼 수 있습니다. 또한 묻지마 폭행, 보복운전 등 한순간 자신이 무시 당했다는 기분을 참지 못해 이성을 잃은 채 더 큰 사고로 이어지는 경우도 많습니다. 몇 마디 대화로, 또는 서로의 입장에서 생각하면 충분히 이해할 수 있는 상황인데도 욕설과 멱살잡이를 넘어 극단적인 상황까지 가는 것은 왜일까요? 영국의 작가 다니엘 디포의 소설 주인공인 '로빈슨 크루소'는 선박 파손으로 무인도에 갇혀 28년이나 지냅니다. 그러나 그는 끊임없이 탈출을 기도하고 사회로 돌아가기를 갈망합니다.

그렇습니다. 사람은 혼자서는 살 수 없는 존재입니다. 사람이란 함께 살아갈 때 그 가치가 더욱 커지고 함께 산다는 것은 서로 이해하고 양보하며 상대를 배려하는 것입니다. 지금 우리는 남의 것은 인정하지 않으면서 나의 것만 인정받으려 하고 남이 잘 되는 건 배 아파하면서도 내가 잘 되었을 때 남이 박수 쳐주지 않는다고 서운해 합니다.

말 한 마디로 천 냥 빚을 갚는다고 합니다. 오늘 나는 가족에게 상처 주는 말을 하지 않았는지, 나의 기분이 나쁘다고 옆 사람에게 짜증을 내지는 않았는지, 가슴에 손을 얹고 잘 생각해 보라고 톨스토이가 조용히 속삭입니다.

그때에 베드로가 예수님께 다가와, "주님, 제 형제가 저에게 죄를 지으면 몇 번이나 용서해 주어야 합니까? 일곱 번까지 해야 합니까?" 하고 물었다. (마태복음 18장 21절)

예수님께서 그에게 대답하셨다. "내가 너에게 말한다. 일곱 번이 아니라 일흔일곱 번까지라도 용서해야 한다."(22절)

"그러므로 하늘나라는 자기 종들과 셈을 하려는 어떤 주인에게 비길 수 있다. (23절)

주인이 셈을 하기 시작하자 만 탈렌트를 빚진 사람 하나가 끌려왔다. (24절)

그런데 그가 빚을 갚을 길이 없으므로 주인은 그 종에게 자신과 아내와 자식과 그 밖에 가진 것을 다 팔아서 갚으라고 명령하였다. (25절)

그러자 그 종이 엎드려 절하며, '제발 참아 주십시오. 제가 다 갚겠습니다' 하고 말하였다(26절)

그 종의 주인은 가엾은 마음이 들어, 그를 놓아주고 부채도 탕감해 주었다. (27절)

그런데 그 종이 나가서 자기에게 백 데나리온을 빚진 동료 하나를 만났다. 그러자 그를 붙들어 멱살을 잡고 '빚진 것을 갚아라' 하고 말하였다. (28절)

그의 동료는 엎드려서, '제발 참아 주게. 내가 갚겠네.' 하고 청하였다. (29절)

그러나 그는 들어주려고 하지 않았다. 그리고 가서 그 동료가 빚진 것을 다 갚을 때까지 감옥에 가두었다. (30절)

동료들이 그렇게 벌어진 일을 보고 너무 안타까운 나머지, 주인에게 가서 그 일을 죄다 일렀다. (31절)

그러자 주인이 그 종을 불러들여 말하였다.'이 악한 종아, 네가 청하기에 나는 너의 빚을 다 탕감해 주었다. (32절)

내가 너에게 자비를 베푼 것처럼 너도 네 동료에게 자비를 베풀었어야 하지 않느냐?' (33절)

그러고 나서 화가 난 주인은 그를 고문 형리에게 넘겨 빚진 것을 다 갚게 하였다. (34절)

너희가 저마다 자기 형제를 마음으로부터 용서하지 않으면, 하늘의 내 아버지께서도 너희에게 그와 같이 하실 것이다. (35절)"

어느 시골 마을에 이반 시체르바코프라는 농부가 살았다. 그는 풍족하게 살았고 마을에서도 첫손 꼽히는 힘센 일꾼이었다. 슬하에 아들 셋을 두었는데, 첫째는 결혼을 했고 둘째는 혼기에 있었으며 셋째 아들은 미성년이었지만 말을 타고 쟁기질도 했다. 이반의 아내는 영리하고 알뜰한 농사꾼 아낙네였으며 운 좋게 온순하고 부지런한 며느리도 얻었다. 이렇게 이반은 가족과 더불어 걱정 없이 살았다.

집안 식구 중에 일을 못 하는 사람이 한 명 있었는데, 늙고 병든 아버지였다. 그는 천식으로 7년째 페치카 위에 누워 있었다. 이반에게는 무엇이든지 풍부했다. 말 세 마리와 망아지, 송아지와 암소 한 마리, 그리고 양이 열다섯 마리 있었다. 여자들은 남자들의 신발과 옷을 만들었으며 밭일도 했다. 남자들은 농사일을 했다. 그들은 곡식이 넉넉해 다음 추수 때까지 먹고도 남았다. 귀리만으로도 세금을 냈고 필요한 것들을 모두 구할 수 있었다. 이렇게 이반은 자식들과 더불어 걱정 없이 살았다. 이반의 집 바로 옆에 고르제이 이바노프의 절름발이 아들 가브릴로가 살았다. 그런데 이반의 가족과 그의 가족 사이에 불화가 싹텄다.

고르제이 노인이 아직 살아있고 이반의 아버지가 집안일을 관장할 수 있었을 때만 해도 그들은 이웃사촌으로 친하게 지냈다. 여자들이 체나 나무 물통 따위를 필요로 하거나 남자들이 베로 만든 포대 자루를 필요로 할 때, 또는 이따금 수레바퀴를 교체할 때면 한쪽 집에서 다른 쪽 집으로 사람을 보내어 사이좋게 서로 도와주었다. 탈곡장에 송아지가 뛰어들더라도 그냥 "송아지 놓아두지 말라고 해. 우리 집의 낟가리를 아직 정리하지 않았다고 그래"라고만 할 뿐이었다. 더욱이 탈곡장이나 헛간에 뭔가를 숨겨 놓고, 자물쇠를 채우거나 서로를 험담하는 일은 당시에는 생각지도 못했다.

노인들이 정정할 때만해도 그렇게 살았다. 그러나 젊은 사람들이 살림을 맡으면서 사정이 달라졌다. 모든 것은 사소한 일로부터 시작되었다.

이반의 며느리가 키우는 암탉이 다른 암탉들보다 이른 시기에 알을 낳기 시작했다. 그녀는 부활절 때 쓰기 위해 달걀을 모았다. 헛간 근처에 놓인 짐수레의 짐칸으로 하루도 거르지 않고 달걀을 가지러 갔다. 그러던 어느 날, 아이들에게 겁을 먹었는지 암탉이 울타리를 뛰어넘어 이웃집 마당으로 날아가서 거기에 알을 낳았다. 새댁은 암탉이 꼬꼬댁하며 우는 소리를 들었으나 이렇게 생각했다.

'지금은 경황이 없어. 명절 직전이라 집안 청소를 해야 해. 이따 틈이 나면 가지러 가야겠다.'

며느리는 저녁에 헛간 근처 짐마차의 짐칸에 가 보았지만 달걀이 없었다. 며느리는 시어머니와 시동생에게 혹시 달걀을 가져왔는지 물어보았다. 하지만 모두들 가져오지 않았다고 대답했다. 그런데 막내 시동생인 타라스카가 암탉이 이웃집 마당에서 알을 낳고 꼬꼬댁 울더니 그쪽에서 다시 날아 돌아오더라고 대답했다. 며느리가 자기의 암탉을 살피러 갔을 때 암탉은 횃대에 수탉과 나란히 앉아 눈을 내리깔고 이미 잘 준비를 하고 있었다. 암탉에게 '너 어디에서 알을 낳았니?'라고 물어보고 싶었지만 대답할 리가 없어 며느리는 이웃집으로 향했다. 그녀는 이웃집 할머니와 맞닥뜨렸다.

"새댁, 무슨 일로 왔어?"

"네, 저…… 할머니. 우리 암탉이 오늘 할머니 집 쪽으로 날아갔었는데요, 혹시 알을 어디 낳아 놓지 않았나요?"

"나는 본 적 없어. 감사하게도 우리 집 닭은 오래전부터 알을 낳고 있지. 우리는 우리 달걀을 거두니까 남의 집 달걀은 필요 없거든. 이봐 새댁, 우리는 달걀을 주우러 남의 집 마당을 여기저기 돌아다니지는 않는다고."

며느리는 기분이 언짢아져 안 해도 될 소리를 했고 이웃집 할머니는 두 배로 응수했다. 마침내 여인들 사이에 욕지거리가 오가기 시작했다. 이반의 아내가 물동이를 이고 오다 마찬가지로 싸움에 휘말렸다. 가브릴로의 아내도 뛰어 나와 이웃집 여자들을 야단치며 있었던 일뿐만 아니라 없었던 일까지 전부 끄집어내 떠들며 싸움에 말려들었다. 이렇게 해서 거칠고 시끄러운 말다툼이 벌어졌다. 갑자기 다들 고함을 지르며 한 번에 두 마디씩 지지 않으려고 떠들어댔다. 게다가 오가는 말들은 하나같이 흉한 말들이었다. 너는 이렇다, 너는 저렇다, 또는 너는 도둑년이다, 음탕한 년이다, 너는 늙은 시아버지를 굶기고 있다, 너는 양심도 없는 년이다 등등.

"이 거지같은 년아. 네가 내 체에 구멍을 냈잖아! 게다가 네가 갖고 있는 멜대도 우리 거란 말이야, 멜대 이리 내놔!"

여자들이 멜대를 붙잡고 실랑이하자 물지게의 물이 엎질러졌다. 숄을 찢고 서로 주먹질을 시작했다. 들에서 막 돌아온 가브릴로가 자기의 아내를 편들고 나섰다. 이반과 그의 아들도 뛰어나와 싸움에 가세했다. 이반은 건장한 남자여서 사람들 전부를 내동댕이쳤다. 이반이 가브릴로의 턱수염을 한 웅큼 잡아 뽑았다. 마을 사람들이 사방에서 모여들어 간신히 그들을 뜯어 말렸다.

싸움은 그렇게 시작되었다. 가브릴로는 뜯겨진 턱수염 뭉치를 종이에 싸서 읍내 재판소로 들고 갔다.

"저는 곰보딱지 이반 놈한테 잡아 뽑히려고 수염을 기른

게 아니라고요."

한편, 그의 아내는 주변 사람들에게 재판관들이 이반에게 엄벌을 내려 시베리아로 유형을 보낼 것이라고 떠벌리고 다녔다. 이렇게 해서 불화가 더해갔다. 페치카 위의 노인은 처음부터 자식들을 타일렀지만 젊은 사람들은 말을 듣지 않았다. 그는 자식들에게 말했다.

"애들아, 너희들은 쓸데없는 짓을 하고 있다. 아무것도 아닌 일로 큰일을 만들고 있는 거야. 정말 생각들 좀 해봐라. 너희들이 벌이는 이 모든 일들이 고작 달걀 한 개 때문에 벌어진 거 아니냐. 아이들이 가져갔을 수도 있는데. 또, 그렇다한들 그게 어때서? 달걀 한 개가 뭐 그리 대단하다고! 하느님께서 모두에게 충분히 주고 계시잖아. 설령 옆집 노파가 듣기 싫은 말을 했다손 치더라도 네가 그걸 바로잡아주고 더 좋게 말하는 법을 가르쳐 주면 되는 거야. 그런 일로 싸우는 건 죄를 짓는 것이지만 살다 보면 그럴 수도 있어. 자, 어서 가서 사과해라. 그러면 끝날 일이야. 그렇게 하지 않고 나쁜 일을 하면 더 악화될 거야."

젊은 사람들은 노인의 말을 따르지 않았다. 모두들 노인이 사태 파악을 못 하고 그저 노파심에서 잔소리만 한다고 생각했다. 이반은 이웃 사람에게 지지 않으려 했다.

"내가 그놈의 턱수염을 뽑은 게 아닙니다. 그놈이 스스로 자기 수염을 잡아 뜯은 거예요. 그리고 놈의 아들이 나의 단추를 잡아 뜯고 속옷도 전부 잡아 뜯었어요. 이걸 좀 보세요."

이반도 소송을 제기하러 갔다. 그들은 치안판사와 지방법원 판사 앞에서도 재판을 받았다. 그런데 재판이 진행되는 동안 가브릴로의 짐마차에서 바퀴 연결핀이 없어지는 일이 발생했다. 가브릴로네 여자들은 이반의 아들에게 죄를 뒤집어 씌워 그를 비방했다.

"그가 한밤중에 창가를 지나 짐마차 쪽으로 가는 걸 우리가 봤어요. 그런데 대모님께서 그러는데 그가 술집에 들렀다는 거예요. 거기서 술집 주인에게 연결핀을 가지고 뭔가를 간청하더래요."

그래서 다시 소송을 하게 되었다. 집에서도 욕설과 싸움이 하루도 그칠 날이 없었다. 아이들까지도 어른들이 하는 짓을 배워 서로 욕지거리를 했다. 아낙네들은 강가 빨래터에서 만나면 빨래 방망이로 빨래감을 두드리기보다는 서로 맞붙어 세치 혀를 끊임없이 놀려대기 바빴는데, 하는 말마다 모두 악의에 찬 것이었다. 처음에 남자들은 서로 말로만 험담을 했었는데 나중에는 정말로 남의 물건을 슬쩍 집어가는 짓까지 했다. 그런 행동이 부인과 아이들에게도 익숙하게 되었다. 그들의 생활은 점점 나빠져 갔다. 이반 시체르바코프와 절름발이 가브릴로는 마을 회의와 읍내 법원, 또 중재 재판소에도 소송을 제기했고 그로 인해 판사들은 모두다 지쳐버렸다. 가브릴로가 이반에게 벌금을 물리거나 감옥살이를 하게 만들기도 했고 이반이 가브릴로를 그렇게 만들기도 했다. 상대방에게 서로 손해를 끼칠수록 그들의 분노는 점점 더 격렬해졌다. 마치 개들처럼 싸우면 싸울수록 점점 더 격분하게 되었다. 개를 뒤에서 때리면 개는 다른 개가 자기를 문 것이라고 생각해서 한층 더 치열하게 달려든다. 이 사람들도 그와 같았다. 법정에서 싸우게 되면 어느 한쪽이 다른 쪽에게 벌금을 물리거나 구류를 살게 만들었고 이로 인해 그들의 마음에는 서로에 대한 증오심이 불타오르게 되었다.

"어디 두고 보자. 내가 네 놈에게 전부 되갚아 줄 테다."

이런 식으로 그들의 문제는 6년을 이어갔다. 페치카 위의 노인만이 여전히 같은 말을 반복했다. 그는 자식들을 타이르기 위해 항상 이렇게 말을 했다.

"얘들아, 도대체 무슨 짓을 하고 있는 거냐? 복수는 그만두고 일이나 열심히 하거라. 사람에게 악의를 품지 않으면 일이 잘 풀릴 것이고 반대로 악의를 품을수록 점점 더 나빠지는 거야."

자식들은 노인의 말을 따르지 않았다. 7년째 되는 해에 어떤 이의 결혼식장에서 이반의 며느리는 가브릴로가 말을 훔치다 잡혔다고 비방을 하여 사람들 앞에서 망신을 주었다. 술에 취한 가브릴로는 자제심을 잃고 이반의 며느리를 때려 상해를 입혔고 이로 인해 이반의 며느리는 일주일 동안 누워 있었다. 그런데 그때 며느리는 임신 중이었다. 이반은 내심 쾌재를 불렀다. 그는 청원서를 가지고 예심판사를 찾아갔다.

"마침내 이웃집 녀석과의 악연이 끝나겠군. 놈은 감옥에 가거나 시베리아 행을 면할 수 없을 거야."

하지만 이반의 소송은 또다시 아무런 결과를 얻지 못했다. 예심판사가 청원서를 받아들이지 않았던 것이다. 며느리를 검사했지만 그녀는 그사이 회복되어 아무런 증거가 남지 않았기 때문이었다. 이반은 치안판사를 찾아갔고 그곳에서 사건을 면 재판소로 넘겼다. 이반은 동분서주 움직이고 돈을 뿌려가며 서기와 간사에게 맛있는 술을 대접하여 마침내 가브릴로의 등짝에 채찍질을 하는 판결을 내리게 만들었다. 법정에 선 가브릴로에게 서기가 판결문을 낭독했다.

"본 법정은 선고한다. 농민 가브릴로 고르제예프에게 면의 법정에서 태형 20대를 맞도록 명령한다."

이반은 판결문을 들으면서 가브릴로를 바라보았다. 선고를 듣고 일이 어떻게 전개될지 궁금해서였다. 판결문을 듣고 난 후 가브릴로는 얼굴이 백짓장처럼 창백해지더니 돌아서서 출입문을 빠져나갔다. 이반은 말이 있는 쪽으로 가려고 그의 뒤를 따라 밖으로 나갔다. 그런데 가브릴로의 음성이 들렸다.

"좋아, 그놈이 내 등을 채찍질하면 등짝에 불이 나겠지. 하지만 그놈은 더 아프게 다른 곳에 불이 나게 될 걸!"

이반은 이 말을 듣자마자 즉시 판사에게 되돌아갔다.

"공정하신 판사님들! 그 자가 우리 집에 불을 지르겠다고 협박합니다. 들어 주십시오. 증인들 앞에서 그가 말한 것입니다."

가브릴로가 불려왔다.

"당신이 그렇게 말한 게 사실이오?"

"나는 그런 말 한 적 없소. 때리시오. 그게 당신의 권한이라면 말이오. 보아하니 자신의 진실을 지키려고 고통을 당하는 사람은 나 하나뿐인 게 분명하군요. 저 자에게는 모든 게 허용되어 있으면서 말이오."

뭔가 더 말을 하고 싶어 하는 듯했으나 가브릴로의 입술과 뺨이 덜덜 떨렸다. 그는 벽을 향해 돌아섰다. 그런 가브릴로의 모습을 본 판사들은 적잖이 놀랐다. 아무래도 그가 정말로 자기 자신이나 이웃에게 뭔가 불미스러운 일을 저지를지도 모른다는 데 생각이 미쳤다. 그러자 나이 많은 판사가 말을 했다.

"자, 여러분. 화해를 하는 것이 좋겠소. 당신, 가브릴로 씨. 임신한 부인을 때린 것이 잘한 일이오? 천만다행으로 신께서 자비를 베푸셨으니 망정이지 하마터면 무슨 죄를 지었을지 알 수 없는 일이오. 그래도 정말 잘했소? 자기의 잘못을 인정하고 그에게 사죄하시오. 그러면 그도 용서해 줄 것이오. 우리는 이 판결문을 수정하겠소."

이 말을 듣고 있던 서기가 말했다.

"그건 불가능합니다. 법률 117조에 의거하여 평화로운 합의가 성립되지 않았고 법정의 판결문이 나왔기 때문에 판결문은 반드시 집행되어야 합니다."

하지만 판사는 서기의 말을 따르지 않았다.

"쓸데없는 소리 마시오! 여러분, 가장 우선하는 법조항은 단 하나요. 즉, 하느님을 기억해야 한다는 것이오. 하느님은 서로 화해하라고 명하셨소."

판사가 다시 농부들을 설득하기 시작했지만 설득이 되지 않았다. 가브릴로가 판사의 말을 따르려 하지 않았다.

"저는 내년이면 오십 살이 됩니다. 결혼을 한 아들놈도 있습니다. 태어난 이후로 매 따위는 한 번도 맞아본 적이 없습니다. 그런데 지금 곰보딱지 이반 놈이 내가 태형을 당하게 만들었단 말입니다. 그런데도 저놈에게 고개를 숙이라니요! 세상에! 있을 수 없는 일입니다! 이반도 저를 기억하게 될 겁니다!"

가브릴로는 목소리가 다시 떨려 더 이상 말을 할 수가 없었다. 그는 돌아서서 밖으로 나가 버렸다. 면 재판소에서 집까지의 거리는 10베르스타였다. 이반은 밤이 이슥해서 집으로 돌아왔다. 집안 여자들은 이미 가축들을 몰아오기 위해 나가고 없었다. 그는 말을 풀어서 마구를 정리한 뒤 집으로 들어갔다. 집에는 아무도 없었다. 아들들은 들에서 돌아오지 않았고 여자들은 가축을 몰아오는 중이었다. 집으로 들어간 이반은 의자에 걸터앉아 생각에 잠겼다. 가브릴로에게 판결문이 낭독되던 순간과 가브릴로의 얼굴이 하얗게 질려 벽을 향해 돌아서던 순간을 회상했다. 그러자 그의 가슴이 조여오는 것 같았다. 만일 자신이 법정에서 태형을 선고 받았다면 어떤 기분이었을지 생각해 보았다. 그러자 그는 가브릴로가 불쌍하게 느껴졌다. 이때 늙은 아버지가 페치카 위에서 기침을 하며 몸을 뒤친 후 다리를 뻗어 기어 내려왔다. 간신히 내려온 뒤 노인은 발을 끌며 의자에 와서 앉았다. 노인은 의자까지 기어 오느라 기진맥진했는지 기침을 계속 해대다 가래를 뱉어내고 나서 식탁에 몸을 기대고 물었다.

"어떻게 됐니? 판결은 내렸니?"

이반이 대답했다.

"태형 스무 대가 선고 됐어요."

"이반아! 너는 나쁜 짓을 하고 있는 거야. 아아, 그건 잘못하는 거야! 그에게가 아니라 너 자신에게 악을 행하고 있는 거야. 그래, 그의 등을 채찍으로 때린다 치자. 네 기분이 좋아질 것 같으냐?"

"그 자가 앞으로는 그런 짓을 안 하겠죠."

"무슨 짓을 앞으로 안 한다는 거냐? 그가 너보다 더 나쁜 짓을 뭘 했다고?"

이반이 노인의 말을 막고 말했다

"그놈이 제게 무슨 짓을 했냐고요? 그놈은 제 며느리를 때려죽일 뻔 했단 말입니다. 게다가 지금도 불을 지르겠다고 협박하고 있어요. 이래도 그놈에게 고맙다고 머리라도 숙이란 말인가요?"

노인은 한숨을 쉬며 말했다.

"이반아, 너는 온 세상을 자유로이 돌아다니지만 나는 페치카 위에 일 년 내내 누워 지낸다. 그래서 너는 모든 것을 다 보지만 나는 아무것도 보지 못한다고 생각하고 있어. 아니다, 이 녀석아. 아무것도 보지 못하는 사람은 바로 너다. 증오심이 네 눈을 흐리게 했어. 다른 사람의 죄는 네 앞에 있고 자신의 죄는 등 뒤에 있지. 너 뭐라고 했니? 너는 그 자가 나쁜 짓을 했다고 말했지! 만일 혼자서 저지른 잘못이라면 사람들 간의 원한이 일어날 리가 없지. 원한의 감정이 어디 한 사람 때문에 일어나더냐? 원한은 두 사람 사이에 일어나는 거야. 너에게는 그의 잘못만 보이고 네 자신의 잘못은 안 보이는구나. 만일 그가 혼자서 악행을 저지르고 너는 좋은 일만 했다면 증오심이 생길 턱이 없다. 그의 턱수염을 잡아 뽑은 사람은 누구였니? 지주에게 바치려고 쌓아둔 낟가리를 냅다 들고 가 버린 것은 또 누구의 짓이었냐? 재판정마다 그를 끌고 다닌 것은 누구였고? 그런데 너는 모든 잘못을 다 그에게 돌리려 하는구나. 악하게 살면 그로 인해 불행한 일이 따르는 법이다. 얘야, 나는 그렇게 살지 않았고 또 너희들에게 그렇게 살라고 가르치지도 않았다. 나와 그의 아버지가 정말 그렇게 살았더냐? 우리가 어떻게 살았지? 사이좋게 이웃사촌으로 살았어. 그의 집에 밀가루가 떨어지면 부인이 오는 거야. '프롤 아저씨, 밀가루가 필요해요'라고 하면 '아주머니, 창고에 가서 필요한 만큼 퍼 가세요'라고 말했지. 그의 집에 말을 끌어줄 사람이 아무도 없다면 '이반아, 네가 가서 그 집의 말을 끌어 드려라'라고 했단다. 반대로 우리 집에 뭔가 부족한 게 있을 때 그에게 가서 '고르제이 아저씨, 이러저러한 것이 필요해요'라고 말하면 '프롤 아저씨, 가져가세요!' 그랬단다. 우리는 그렇게 지냈어. 그래서 너희들도 살기 편했다. 그런데 지금은 어떠냐? 바로 요 근래에 군인 한 사람이 플레브나(불가리아의 도시 이름. 1877-1878년에 러시아-터키 전쟁 때 격렬한 전투가 벌어졌었다 - 역주) 전투에 대해 들려주었다. 지금 너희들 사이의 싸움이 플레브나 전투보다 더 심한 것 같구나. 정말 이게 사람 사는 거냐? 사는 게 아니고 죄를 짓는 거지! 너는 남자다. 그리고 한 집안의 가장이다. 모든 책임은 너에게 있는 거야. 너는 집안의 여자들과 아이들에게 도대체 뭘 가르치고 있는 거냐? 욕지거리나 가르치고 있지. 최근에 타라스카 그 어린놈이 제 어미에게 배운 대로 아리나 아주머니에게 욕을 해대고 있더라. 그런데도 어미는 그놈을 보고 웃고만 있더구나. 과연 이게 훌륭한 일이냐? 바로 네 책임이야!

네 영혼에 대해 한번 생각해 보거라. 꼭 그렇게 해야 하는 거니? 상대방이 나한테 한 마디 한다고 해서 내가 두 마디를 하고, 상대방이 내 뺨을 한 대 후려친다고 해서 내가 그를 두 대 때려야 하는 거냐! 아니다, 이놈아. 그리스도께서 세상을 다니시며 우리 같은 어리석은 자들에게 가르치신 것은 그런 게 아니다. 누가 너에게 싫은 소리를 하거든 침묵해라. 그 자신의 양심이 가책을 느끼게 해 줄 것이다. 아버지 그리스도께서는 바로 그렇게 가르치셨다. 누가 네 뺨을 치거든 너는 다른 쪽 뺨도 마저 내밀고 '자, 때리시오. 내가 맞을 짓을 했다면 말이오.'라고 말해라. 그러면 양심이 그를 나무랄 것이고 그는 유순해져 네 말을 따를 것이다. 그리스도께서는 그렇게 하라고 우리에게 가르치셨다. 쓸데없는 아집을 부리는 게 아니고 말이다. 왜 말이 없니? 내 말이 맞지?"

이반은 잠자코 듣고만 있었다. 노인은 기침을 시작하더니 힘들게 가래침을 뱉은 후 말을 이었다.

"너는 그리스도께서 우리에게 나쁜 일을 가르치셨다고 생각하는 거냐? 모든 가르침은 바로 우리를 위하고 또 선을 위한 것이다. 네 스스로 자신의 현재 생활을 한번 생각해 보거라. 너희들 사이에 이 플레브나 전투 같은 일이 생긴 이래로 살림이 더 좋아졌니? 아니면 더 나빠졌니? 계산 좀 해봐. 판사들에게 선물 값으로 얼마나 썼으며 왔다 갔다 하고 식사 대접하느라 돈을 얼마나 썼니? 네 아들들이 독수리처럼 훌륭하게 성장해서 너도 그럭저럭 잘 살고 살림도 번창해야할 텐데 네 재산은 오히려 줄고 있다. 이게 무엇 때문이지? 전부 그것 때문이다. 네 아집 때문이야. 너는 아들들을 데리고 들에 나가 직접 씨를 뿌려야 하는데도, 악마가 너를 재판소로 말단 관리에게로 끌고 다니는구나. 제 때에 땅을 갈고 씨를 뿌리지 못하면 땅은 수확물을 주지 않는다. 올해 귀리 농사가 어째서 형편없는지 아느냐? 너 씨를 언제 뿌렸어? 도시에 갔다 와서야 뿌렸잖아. 재판으로 얻은 게 도대체 뭐냐? 너만 손해야. 아아, 이 녀석아. 너는 자신이 해야 할 일을 기억해야 해. 아이들을 데리고 들에서나 집에서나 일을 해라. 누가 너를 화나게 한다 해도 신의 뜻에 따라 용서해라. 그러면 네 일에 걸림이 없을 것이고 네 영혼 또한 영원히 평안함을 얻게 될 거야."

이반은 침묵했다.

"너 말이다, 이반아! 너! 이 늙은이의 말을 들어라. 어서 가서 말을 준비하고, 법원으로 달려가서 모든 일을 중지시켜라. 그리고 내일 아침에 가브릴로에게 가서 신의 뜻에 따라 그와 화해해라. 그리고 그를 우리 집으로 초대해라. 내일이 마침 명절(성모님의 탄생일 무렵임, 9월 8일 – 역주)이니까 따끈한 차도 준비시키고 술도 반 슈토프(0.6리터 정도 – 역주) 정도 준비해라. 그리고 모든 잘못을 해결하고 앞으로 다시는 그런 일이 없도록 여자들과 아이들에게도 단단히 일러 두어라."

이반은 한숨을 내쉰 후 생각했다.

'아버지 말씀이 옳아.'

그러자 그의 분노가 완전히 사라졌다. 다만 이 일들을 어떻게 처리해야 할 지 이제 와서 어떻게 화해를 해야 할 지 알 수가 없었다. 노인은 이어서 다시 말을 시작했다. 그는 정확하게 아들의 속마음을 알아 맞혔다.

"가라, 이반아. 질질 끌지 마라. 불은 처음에 붙었을 때 꺼야 한다. 활활 타오르기 시작하면 끄지 못한다."

노인은 뭔가 더 말하려고 했으나 미처 끝내지 못했다. 여자들이 집으로 들어오면서 까치떼처럼 떠들어댔기 때문이다. 그들도 이미 소식을 전부 전해 들었다. 가브릴로가 태형을 선고 받았다는 것, 그가 불을 지르겠다고 협박한 것까지 모두 들어서 알고 있었다. 여자들은 거기에 자기들이 지어낸 말까지 보태었다. 그리고 이미 방목장에서 가브릴로네 여자들과 서로 한바탕 욕지거리를 하고 난 뒤였다. 여자들은 가브릴로의 며느리가 예심판사를 들먹이며 자기들을 협박하더라고 떠들어댔다. 예심판사가 가브릴로의 편을 들어 줄 것이라는 말이었다. 그래서 그가 이제 모든 사태를 뒤집을 것이고 또 어떤 선생님 한 분이 이반에 대해 황제에게 직접 고해바치는 탄원서를 별도로 작성하고 있으며 그 청원서에는 수레바퀴의 연결핀 이야기며 텃밭에 관한 이야기 등, 사건의 전말이 모두 쓰여 있다는 것이었다. 그리고 이제 농지의 절반이 그들에게 넘어 오게 될 거라는 것이었다. 이반은 그들이 떠드는 이야기를 들었다. 그러자 그의 마음은 다시 얼어

붙었고 결국 가브릴로와 화해하려던 생각을 단념하고 말았다.

한 집안의 가장에게는 안팎으로 늘 할 일이 많다. 이반은 여자들의 대화에 끼어들지 않고 일어나 집에서 나왔다. 그는 곡식 창고에 들른 다음 헛간으로 갔다. 그곳에서 정돈을 마치고 집으로 돌아오는 동안 어느덧 날이 저물고 있었다. 아들들도 들에서 돌아왔다. 그들은 겨울을 앞두고 둘이서 땅을 갈고 오는 길이었다. 이반은 아들들에게 작업에 관해 상세하게 물어본 다음 정리를 도와주고 망가진 멍에는 수리를 위해 따로 놓아두었다. 그리고 헛간 근처에 나무 막대기들을 치워 놓는 일까지 하고 싶었지만 이미 날이 완전히 저물어 다음날 정리하려고 그냥 내버려 두었다. 그리고는 가축들에게 꼴을 더 던져주고 타라스카의 야간 방목을 위해 마굿간 문을 열어 말들을 나가도록 한 다음 다시 문을 걸어 잠그고 개구멍도 막았다.

'이제 저녁 식사를 하고 자야겠다.'

이렇게 생각한 이반은 망가진 멍에를 집어 들고 집으로 향했다. 이반은 그때까지만 해도 가브릴로에 대해서도 또 아버지가 했던 말에 대해서도 잊고 있었다. 문의 손잡이를 잡고 현관으로 막 들어가려고 하는 순간, 울타리 너머로 누군가를 욕하는 이웃집 남자의 쉰 목소리가 들려왔다.

"악마 같은 놈! 그놈은 죽어 마땅해!"

이 말로 인해 이반에게 있던 이웃 가브릴로에 대한 해묵은 증오의 감정이 전부 되살아났다. 이반은 가브릴로가 욕을 하는 동안 가만히 서서 잠시 듣고 있었다. 가브릴로의 욕하는 소리가 멈추자 이반도 집으로 향했다. 이반이 집에 들어갔을 때, 집 안에는 등불이 켜져 있었다. 젊은 며느리는 한쪽 구석에 앉아 실잣기를 하고, 나이든 아내는 저녁 식사를 준비하고 있었다. 큰아들은 신발을 만들기 위해 나무껍질로 끈을 꼬는 중이었고 둘째 아들은 식탁에 앉아 책을 읽고 있었으며 타라스카는 야간 방목을 나가려고 준비 중이었다. 집 안의 모든 것이 훌륭했고 즐거웠다. 옥에 티가 있다면 그것은 사악한 이웃이었다. 이반은 울화가 치미는 마음을 안고 집으로 들어가서는 의자에 앉아있는 고양이를 바닥으로 떨구어 버리고 여자들에게 대야를 제자리에 두지 않았다고 욕설을 퍼부었다. 그렇게 하고나니 이반은 울적해졌다. 그는 인상을 잔뜩 찌푸리고 앉아 말의 멍에를 수선하기 시작했다. 그러나 가브릴로가 재판정에서 협박했던 말과 방금 전 쉰 목소리로 누군가에 대해 "그놈은 죽어 마땅하지!"라고 부르짖었던 말들이 뇌리를 떠나지 않았다.

이반의 아내는 타라스카에게 저녁 식사를 준비해 주었다. 그는 식사를 마친 뒤, 모피로 된 짧은 속 외투와 기다란 겉 외투를 걸치고 허리에 띠를 동여맨 후 빵을 집어 들고 말들이 있는 쪽으로 가기 위해 큰 길로 나갔다. 큰형이 타라스카를 데려다 주려고 했으나. 이반이 직접 일어나서 현관 계단으로 나갔다. 마당에는 이미 완전히 어둠이 내려 캄캄했고 하늘은 구름으로 뒤덮이고 바람도 불기 시작했다. 이반은 현관 계단을 내려와서 아들을 말 등에 올려 앉혀주고 망아지를 깜짝 놀라게 해 뒤를 따르게 했다. 그리고는 잠시 동안 선 채로 타라스카가 마을을 따라 내려가는 것과 다른 아이들과 만나 합류하는 것, 그리고 아이들이 모두 말을 타고 시야에서 사라지는 것 등을 한동안 지켜보았다. 이반은 그렇게 한참 동안 문간에 서 있었다. 그런데 그의 머릿속에 가브릴로가 했던 말, "너의 어딘가는 더 아프게 불이 나게 될 걸"이라는 말이 맴돌았다.

'물불을 가리지 않을 놈이야! 더구나 바람까지 불고 있으니. 집 뒤편 어딘가에 숨어들어 불을 놓으면 그걸로 끝장이지. 홀랑 타버린다고 해도 이 악당 놈은 무죄가 되겠지. 하지만 바로 현장에서 놈을 잡는다면, 그때는 빠져나가지 못할 거야!'

이반의 머리에 이런 생각이 깊이 새겨졌다. 그래서 그는 현관의 계단으로 되돌아가지 않고 곧장 밖으로 나가서 대문을 지나 모퉁이를 돌았다.

'마당을 한번 둘러봐야겠어. 그놈이 있을지 누가 알아.'

이반은 가만가만 발소리를 죽이며 문을 따라 걸었다. 그가 구석진 모퉁이 뒤쪽으로 들어가 울타리를 따라가며 살펴보는 순간, 반대편 구석에서 무엇인가 흔들리는 것 같았다. 마치 누군가 몸을 내밀었다가 구석진 곳으로 다시 몸을 숨기는 것처럼 보였다. 이반은 걸음을 멈추고 숨을 죽인 채 주의를 기울였다. 바람만이 버드나무 가지의 잎사귀를 흔들고 지푸라기를 스치며 바스락 소리를 내고 있을 뿐 사방은 완전히 고요했다. 한치 앞도 안 보일만큼 칠흑같이 어두웠으나 차츰 눈이 어둠에 익숙해졌다. 이윽고 이반의 눈에 쟁기, 처마 등 구석에 있는 것들이 고스란히 보였다. 이반은 한동안 서서 살펴보았다.

'아무것도 없군. 분명히 뭐가 보인 것 같았는데? 그래도 어

쨌거나 둘러봐야겠다.'

이반은 이렇게 생각하며 발소리를 죽인 채 헛간을 끼고 큰 걸음으로 걸었다. 나무껍질 신발을 신고 이반이 어찌나 조용히 앞으로 디뎌 나갔는지 자기의 발소리가 안 들릴 정도였다. 구석진 곳에 다가가 바라보니 끝 쪽에 놓인 쟁기 옆에 무엇인가 번쩍 빛나는가 싶더니 이내 사라졌다. 이반의 심장이 거세게 방망이질 했다. 이반은 멈춰 섰다. 그가 멈춰 선 순간, 바로 그쪽에서 한층 선명하게 불길이 타오르며 한 남자의 모습이 분명하게 보였다. 그는 모자를 쓰고 이반이 있는 쪽으로 등을 돌린 채 웅크리고 앉아 손에 밀짚 한 다발을 들고 불을 붙이고 있었다. 이반의 가슴은 새처럼 팔딱거렸다. 그는 완전히 긴장하여 성큼성큼 큰 걸음으로 걸었다. 발걸음 소리도 들리지 않았다. 그는 생각했다.

'자, 이제야말로 도망칠 수 없을 거다. 그 자리에서 붙잡겠어!'

이반이 겨우 두어 걸음밖에 가지 않았을 때 느닷없이 아주 환한 빛이 번쩍이기 시작했다. 그것도 이미 아까 그 자리가 아니었고 작은 불꽃도 아니었다. 처마 밑의 밀짚에서 불길이 치솟아 올라 지붕으로 옮겨 붙으려 했다. 가브릴로가 서 있었고 그의 온 몸이 다 보였다. 종달새를 덮치는 매처럼 이반은 가브릴로를 향해 돌진했다. 그는 생각했다.

'도망가지 못하게 꽁꽁 묶어줄 테다!'

그러나 달음박질 소리를 들었는지 가브릴로가 주변을 둘러보았다. 그는 어디서 그런 민첩함이 생겼는지 절름거리면서도 토끼처럼 잽싸게 헛간을 끼고 달아났다.

"도망치지 마!"

이반이 고함을 치면서 가브릴로에게 달려들었다. 이반이 가브릴로의 목덜미를 잡으려는 순간, 가브릴로가 그의 손을 벗어나 도망쳤다. 이반은 그의 옷깃만 붙들고 말았다. 옷깃이 찢어지고 이반은 나동그라졌다. 이반이 벌떡 일어나 외쳤다.

"사람 살려! 잡아라!"

그는 달리기 시작했다. 이반이 넘어졌다 다시 일어나는 사이에 가브릴로는 이미 자기 집 마당에 가 있었다. 하지만 이반은 거기까지 따라가 그를 붙잡았다. 이반이 가브릴로를 낚아채려는 순간, 갑자기 돌 같이 단단한 것이 이반의 뒤통수를 세차게 때렸다. 가브릴로가 집 마당의 참나무 말뚝을 집어 들고 기다리다 온 힘을 다해 그의 머리를 때렸던 것이다.

이반은 머리에 충격을 받았다. 그는 눈에서 번뜩이는 불꽃이 쏟아져 나오는듯한 느낌을 받았고 앞이 흐려지는 것을 느꼈다. 그는 비틀거리다 쓰러졌다. 그가 정신을 차렸을 때 가브릴로는 이미 보이지 않았다. 주위는 대낮처럼 밝았고 그의 집 쪽으로부터 흡사 기계가 돌아가는 것 같은 윙윙거리는 소리가 나며 뭔가 불에 타듯이 탁탁 소리가 났다. 이반은 뒤를 돌아보았다. 그의 집 뒷마당에 있는 헛간은 완전히 불에 휩싸인 상태였고 마당 쪽 헛간도 불길이 덮친 데다 집으로 번져가고 있었다.

"아이고, 이게 뭐야!"

이반은 이렇게 외마디 비명을 내지르며 두 손을 번쩍 들어 철썩 소리가 나도록 자신의 허벅지를 내리쳤다.

"그냥 처마 밑에서 끄집어내 발로 밟아 껐어야 했는데! 아아, 이게 무슨 일이람!"

그는 계속 같은 말만 되풀이했다. 소리를 지르고 싶었지만 숨만 헐떡일 뿐, 목소리가 나오지 않았다. 뛰어가고 싶었지만, 두 다리가 서로 꼬여 움직일 수가 없었다. 한 발짝씩 떼면서 간신히 걸었지만 비틀거리며 다시 숨을 헐떡이곤 했다. 잠시 서서 숨을 돌린 후 다시 걸었다. 그가 헛간을 한 바퀴 돌아 불이 난 곳에 이르는 사이, 집 옆의 헛간은 완전히 불 탔고, 오두막집의 한쪽 귀퉁이와 대문도 이미 화염에 휩싸였다. 오두막집 안으로부터 불길이 뿜어져 나와 마당에서 집에 이르는 길조차 없어진 상태였다.

많은 사람들이 모여 들었지만 전혀 손 쓸 수가 없었다. 이웃 사람들은 자기들의 세간을 질질 끌어냈고 가축들을 마당 밖으로 나가도록 내쫓았다. 이반의 집 다음으로 가브릴로의 집이 화마에 삼켜졌고 이어 바람이 불어와 불이 길 건너로 번졌다. 화재는 마을의 절반을 잿더미로 만들었다.

이반의 집에서는 노인만 간신히 구해냈을 뿐 살림살이는 전부 남겨둔 채 가족들은 몸만 가까스로 빠져 나왔다. 야간 방목에 내보낸 말들을 제외하고는 가축도 전부 타 버렸다. 닭들은 횃대에 앉은 채 타 버렸고 짐마차, 쟁기, 써레, 아낙네들의 궤짝과 항아리에 담아 보관하던 곡식 등이 홀랑 타 버렸다. 가브릴로의 집에서는 가축들을 내몰고 살림살이를 몇 가지 끌어냈다. 화재는 밤새 계속 되었다. 이반은 자기 집 마당 가까운 곳에 서서 불을 바라보며 "이게 뭐야! 끄집어내 밟아 껐어야 했는데"라는 말만 되풀이했다. 그러더니 자기 집의 지붕이 무너져 내릴 때 불 속으로 기어 들어가 시커멓게

탄 통나무를 질질 끌어내기 시작했다. 여자들이 그를 발견하고 뒤에서 불렀지만 그는 통나무 하나를 끌어내고 다시 다른 것을 가지러 기어들어가다 그만 비틀거리며 불 속에 쓰러지고 말았다. 그러자 아들이 그의 뒤를 따라 기어 들어가서 아버지를 끌어냈다. 이반은 얼굴과 수염과 머리카락이 그슬리고 옷에는 구멍이 났으며 손에는 화상을 입었지만 아무것도 느끼지 못했다.

"괴로운 나머지 정신이 돌았나봐."

사람들이 수군거렸다. 화재가 수그러들기 시작했다. 하지만 이반은 여전히 서서 이 말만 계속 했다.

"이게 뭐야! 끄집어내기만 했으면……."

아침녘에 촌장이 이반을 데리러 자기 아들을 보냈다.

"이반 아저씨, 아저씨의 부친께서 숨을 거두시려고 합니다. 마지막 인사를 하겠다고 아저씨를 불러 오라고 하셨어요."

이반은 아버지에 대해 까맣게 잊고 있었기에 무슨 말인지 납득하지 못해 되물었다.

"부친이라니? 누구를 부른다고?"

"아저씨를 불러 오라고 하셨어요. 마지막 인사를 하신대요. 우리 집에서 돌아가시기 직전입니다. 아저씨, 빨리 가요."

이렇게 말하며 촌장의 아들은 그의 손을 잡아끌었다. 이반은 촌장의 아들을 따라갔다. 사람들이 노인을 밖으로 끌고 나올 때 불 붙은 밀 짚단이 떨어졌고, 노인은 화상을 입었다. 그래서 노인을 이반의 집과 멀리 떨어져 있어 불길이 미치지 않은 촌장의 집으로 모셔 놓았던 것이다.

이반이 아버지 앞에 당도했을 때 집 안에는 촌장의 노부인과 페치카 위의 아이들만 있었다. 다른 이들은 모두 화재 현장에 갔다. 노인은 한 손에 촛불을 들고 긴 의자에 누운 채, 문 쪽을 연신 흘끔거렸다. 아들이 들어 왔을 때 노인은 몸을 살짝 움직거렸다. 촌장의 아내가 노인에게 다가가 아들의 도착 소식을 알렸다. 노인은 아들을 가까이 불러달라고 부탁했다. 이반이 바싹 다가가자 비로소 노인은 말문을 열었다.

"그래, 이반아. 내가 너에게 말했지. 마을을 불태운 게 누구지?"

"그놈입니다. 아버지! 제가 만나기도 했다니까요. 그놈이 제가 보는 앞에서 지붕에 불씨를 찔러 넣었어요. 제가 불 붙은 밀짚 다발을 끄집어내 발로 비벼 끄기만 했어도 아무 일도 일어나지 않았을 텐데……."

"얘야, 이반아. 나는 곧 죽을 거다. 그리고 언젠가는 너 역시 죽는다. 이건 누구의 잘못이냐?"

이반은 눈도 깜빡이지 않고 아버지를 바라보며 잠자코 있었다. 아무 말도 할 수 없었던 것이다.

"하느님 앞에서 말해보아라. 누구의 잘못이냐? 내가 너에게 뭐라고 타일렀더냐?"

그제야 비로소 이반은 정신을 차렸고 모든 것을 이해하게 되었다. 그는 숨을 거칠게 몰아쉬며 말했다.

"저의 잘못입니다! 아버지!"

이렇게 말하며 이반은 아버지 앞에 무릎을 꿇고 흐느껴 울기 시작했다.

"저를 용서해 주세요, 아버지! 아버지와 하느님 앞에 죄를 지었습니다."

노인은 손을 약간 움직여 왼손으로 촛불을 잡고 오른손을 이마 쪽으로 올려 성호를 그으려 했으나 손을 올리지 못하고 멈춰 버렸다.

"하느님 감사합니다! 하느님 감사합니다!"

그는 이렇게 말하며 다시 아들을 바라보았다.

"이반아! 애야, 이반아!"

"네, 아버지."

"이제 뭘 해야 되겠니?"

이반은 계속 울고 있었다.

"모르겠어요, 아버지. 저는 이제부터 어떻게 살아야 합니까? 아버지!"

노인은 마지막 힘을 모으려는 듯 눈을 감고 입술을 오므리더니 다시 눈을 뜨고 말했다.

"살아갈 수 있다. 하느님과 함께라면 살아가게 되어 있다."

노인은 잠시 말을 멈추더니 살짝 웃음을 머금으며 말했다.

"여기 봐라, 이반아. 불을 지른 사람이 누구인지 말하지 마라. 남의 죄를 덮어주면 하느님께서는 너의 죄를 두 배로 용서해 주실 거다."

노인은 그렇게 말한 후 두 손으로 초를 잡아 가슴으로 모으더니 숨을 크게 한 번 내쉬며 몸을 쭉 뻗고는 숨을 거두었다.

이반은 가브릴로에 대해서 말하지 않았다. 그래서 무엇 때문에 불이 났는지 아무도 알지 못했다. 이반이 가브릴로에 대해 품었던 증오심도 사라졌다. 가브릴로는 이반이 아무에게도 그에 대해 말하지 않는 것을 보고 놀랐다. 가브릴로는 처음에는 이반이 두려웠으나 이내 익숙해졌다. 남자들이 싸움을 그만 두자 가족들도 싸움을 그쳤다. 집을 다시 짓는 동안 두 가족은 한 집에서 살았다. 마을을 새로 짓고 마당을 넓혔을 때 이반과 가브릴로는 다시 이웃으로 같은 곳에 남았다. 그리고 선친들이 살았던 것과 똑같이 이웃사촌으로 사이 좋게 살았다.

이반은 불은 처음에 꺼야 한다는 아버지의 유훈과 하느님의 교훈을 잊지 않았다. 만일 누군가 그에게 못된 짓을 저지르면 이반은 복수를 하기보다는 그 행동을 고쳐주려고 노력했다. 또 누군가 험한 말을 하면, 더 심한 말로 응수하는 대신 나쁜 말을 하지 않도록 가르쳐 주려고 노력했다. 그리고 자기 집안의 여인들과 아이들에게도 그렇게 가르쳤다. 이렇게 해서 이반 시체르바코프는 자신의 잘못을 고쳤으며 예전보다 더욱 잘 살게 되었다.

작은 악마는
빵 한 조각의 빚을
어떻게 갚았는가?

막심 고리키와 포즈를 취한 톨스토이

도스토예프스키의 소설 《카라마조프가의 형제들》에는 아버지 표도르부터 드미트리, 이반, 알렉세이 등 아들 삼형제와 사생아인 스메르쟈코프, 표도르의 연인인 그루첸카까지 인간의 여러 유형을 대변하는 군상들이 등장합니다. 이 인물들은 프로이트를 비롯한 당대 정신분석학 학자들의 연구 대상이 될 정도로 심리적, 철학적, 윤리적, 종교적 문제에 있어서 다양하고 복잡한 모습을 보여주고 있습니다. 그러나 그 복잡 다양한 인간관계 속에서도 하나의 공통점이 있다면 등장인물들 모두가 철저하게 자신의 욕망과 본성에 따라 행동한다는 것입니다.

인간은 오욕칠정으로 이루어진 욕망덩어리라고 합니다. 감정을 잘 조절하면 개인의 성공과 인격 수양에 도움이 될 수 있지만 그것이 과하여 어느 선을 넘게 되면 인생을 그르치게 됩니다. 그 결과를 예상하면서도 유혹에서 벗어나지 못하는 것 또한 인간의 본성입니다.

사람은 평생 재산과 명예, 잘못된 사랑을 차지하기 위해 끊임없이 몸을 던집니다. 백만 원이 생기면 천만 원을 갖고 싶고 단칸방에 살다가 24평 아파트로 이사 가면 다시 40평을 꿈꾸는 것이 인간의 모습입니다. 가진 것이 없을 때는 욕심이 없다가도 가질 수 있다는 희망이 생기면서 탐욕도 더불어 커지고 더 가지기 위해 애를 쓰게 됩니다. 물질에 대한 욕망은 바닷물을 마시는 것과 같다고 합니다. 마시고 마셔도 목이 마르고 더욱 갈증이 심해진다는 것입니다.

여기, 도스토예프스키와 동시대에 살았던 톨스토이가 인간의 욕망과 본성에 대해 짧지만 아주 강력한 경고를 여러분에게 들려줍니다. 주인공인 농부가 나의 모습은 아닌지 찬찬히 읽어 보시기 바랍니다.

가난한 농부가 아침 식사도 거르고 점심으로 빵 한 조각을 가지고 밭을 갈러 집을 나섰다. 농부는 쟁기를 내려놓고 수레를 덤불 아래에 두었다. 그리고 그 위에 빵 조각을 놓고 겉옷으로 덮었다. 어느덧 말도 몹시 지쳤고 농부도 배가 고파졌다. 농부는 쟁기를 땅에다 꽂아놓고 말을 풀어주어 풀을 뜯어먹게 했다. 그리고 점심 식사를 하기 위해 겉옷이 있는 장소로 갔다. 그런데 겉옷을 들춰 보았지만 빵이 보이지 않았다. 농부는 주위를 둘러보고 겉옷을 뒤집어서 털어 보기도 했지만 빵 조각은 나오지 않았다. 농부는 갸우뚱거리며 생각했다.

'정말 이상한 일도 다 보겠네. 아무도 없었는데 누가 빵을 가져가 버렸네.'

그런데, 이 일은 농부가 밭을 갈고 있는 동안, 작은 악마가 벌인 일이었다. 작은 악마는 빵을 슬쩍 가져간 다음, 덤불 뒤에 숨어서 농부가 욕하는 소리를 듣고는 대장 악마에게 얘기할 생각이었다.

농부는 잠깐 실망했지만 이내 곧, "그래, 좋아! 한 끼 굶는다고 죽기야 하겠어? 누군가 빵이 필요 했으니까 들고 갔겠지. 마음껏 먹어라!" 하며 스스로를 위로했다. 그리고 웅덩이로 가서 물로 배를 채운 후 한숨을 돌리고는 말에 쟁기를 채우고 다시 밭을 갈았다.

작은 악마는 농부가 죄를 짓도록 유도하지 못하자 당황했다. 그래서 대장 악마에게 달려가 이 사실을 알렸다. 대장 악마 앞에 가서 작은 악마는 농부에게 빵 조각을 훔쳤는데도 욕설을 퍼붓기는커녕 '잘 먹어라!' 했다는 이야기를 전했다. 이 말을 들은 대장 악마는 크게 화를 냈다.

"만일 이 일에서 농부가 너를 이겼다면 그건 네 놈한테 잘못이 있는 거다. 제대로 못 했기 때문이다. 농부들과 그들의 아낙네까지도 그런 습관을 갖게 된다면 우리는 더 이상 살아남을 수가 없다. 이 일은 그냥 넘어갈 수가 없다! 너는 다시 그 농부에게 가서 빵 조각에 대한 빚을 갚아라. 만일 네 녀석이 3년 안에 그 농부를 이기지 못한다면 네 놈을 성수 속에 빠뜨려 버릴 테다!"

깜짝 놀란 작은 악마는 지상으로 달려가서 어떻게 해야 자신의 잘못을 보상할 수 있을지 이리저리 궁리하기 시작했다. 생각하고 또 생각한 끝에 한 가지 방법이 떠올랐다. 작은 악마는 착실한 인간의 모습으로 변신하여 가난한 농부의 집에 일꾼으로 들어갔다.

비가 오지 않는 메마른 여름에 작은 악마는 습한 지대에 곡식을 심으라고 농부에게 얘기했다. 농부는 일꾼의 말대로 습지에 씨를 뿌렸다. 다른 농부들이 뿌린 곡식은 햇빛에 전부 타들어간 반면, 가난한 농부의 곡식은 무성하게 높이 자랐으며 알곡도 많이 달렸다. 그래서 이듬해 햇곡식이 나올 때까지 먹고도 여전히 많이 남게 되었다.

다음해 여름에 일꾼은 고지대에 곡식을 심으라고 조언 했다. 그러자 그해 여름에는 비가 많이 내렸다. 다른 농부들의 농작물은 쓰러지고 썩어서 제대로 익지 않았지만 고지대에 있는 농부의 밭에서는 최고로 좋은 곡식이 영글었다. 농부의 집에는 한층 더 많은 여분의 곡식이 남아돌게 되었다. 그래서 농부는 남아도는 곡식으로 무엇을 해야 할지 몰랐다. 그러자 일꾼은 농부에게 곡식을 빻아서 술을 담으라고 꼬드겼다. 농부는 술을 만들어서 마시기 시작했고 다른 사람들에게도 마시라고 권했다.

작은 악마는 대장 악마에게 달려와 빵 조각의 실수를 보상하게 되었다고 자랑했다. 대장 악마가 확인을 해보려고 농부의 집에 와서 보았더니 부자들을 초대하여 술을 대접하고 있었다. 안주인이 손님들에게 술시중을 들고 있었는데 식탁 모서리를 돌다가 옷자락이 걸려서 그만 술을 엎지르고 말았다. 남편은 노발대발하며 아내에게 욕설을 퍼부었다.

"아니, 이 악마가 잡아갈 등신아! 이 귀한 술을 바닥에 쏟아? 이게 음식물 쓰레기인 줄 알아? 이 안짱다리 같으니라고!!"

작은 악마는 팔꿈치로 대장 악마를 쿡 찌르며 말했다.

"잘 보십시오. 이제는 저 농부가 빵 한 조각 따위는 귀하게 여기지 않게 된 것을 말입니다."

아내에게 욕설을 퍼붓던 농부는 자신이 직접 술을 나르기 시작했다. 이때 일터에서 돌아오던 가난한 농부 한 사람이 초대도 받지 않았는데 그 집에 들어왔다. 그가 인사를 건네고 잠깐 자리에 앉아보니 모두들 술을 마시고 있었다. 그도 역시 피곤했던 터라 술을 한잔 들이켜고 싶은 마음이 들었다. 그래서 연신 군침을 흘리며 하염없이 앉아 있었지만 주인은 그에게 술을 주지는 않고 "너희 같은 놈들에게 줄 술이 어디 있어!" 하고 혼잣말로 중얼거리기만 할 뿐이었다. 대장 악마는 이렇게 말하는 농부의 태도가 마음에 들었다. 작은 악마는 계속해서 자랑 삼아 떠벌렸다.

"기다려 보세요. 더 재미있어질 겁니다."

돈 많은 농부들은 계속 술을 마셔댔고 집주인도 연신 잔을 비웠다. 그들 모두는 서로에게 아첨을 하며 상대방을 칭찬하고 입에 발린 거짓말을 늘어놓았다. 그들이 떠드는 말을 주의 깊게 듣고 있던 대장 악마는 이 일에 대해서도 작은 악마를 칭찬했다. 그는 말했다.

"만일 저놈들이 술로 인해 저렇게 서로서로 아첨하고 거짓말을 일삼게 된다면 전부 우리 손아귀에서 놀아나겠는 걸!"

"두고 보십시오. 더 재미있는 일이 벌어질 테니! 저놈들이 한 잔씩 더 마시게 두십시오. 지금은 여우처럼 상대방 앞에서 꼬리를 살랑살랑 흔들면서 서로 속고 속이고 있지만, 이제 곧 사나운 늑대가 되는 모습을 볼 겁니다."

농부들이 또 한 잔을 들이켜자 이제는 그들의 말소리가 더 커지고 거칠어졌다. 입에 발린 공치사 대신에 욕설이 오가기 시작했고 서로에게 화를 내더니 뒤엉켜서 주먹다짐을 했다. 집주인도 싸움판에 끼어들어 그들에게 흠씬 두들겨 맞았다.

이 광경을 지켜보던 대장 악마가 흡족해하며 말했다.

"이것도 멋지군!"

작은 악마가 말했다.

"더 두고 보십시오. 무슨 일이 또 일어나는지! 저놈들이 한 잔 더 마시는 걸 지켜보십시오. 지금은 늑대들처럼 분노하고 있지만, 기다려 보십시오. 한 잔을 더 마시면 금방 돼지처럼 될 겁니다."

농부들은 또 한 잔을 들이켰다. 그들은 완전히 사나워졌다. 그들은 상대방이 자기의 말을 듣고 있지 않다는 사실도 모른 채 제각각 중얼거리고 소리를 질러댔다. 그들 중 어떤 이는 혼자서 또 어떤 이는 둘 또는 셋이서 짝을 지어 밖으로 나가더니 전부 길거리에 널브러져 나뒹굴었다. 집주인은 손님들을 배웅하려고 나왔다가 흙탕물 웅덩이에 코를 박고 엎어져선 돼지처럼 뒹굴며 꿀꿀거렸다.

대장 악마는 이것을 보고 한층 더 기분이 좋아졌다.

"우와~! 훌륭한 음료를 발명해 내었구나. 빵 조각의 실수를 만회했어!! 이 음료를 도대체 어떻게 만든 거냐? 나에게 얘기 좀 해 보거라. 틀림없이 처음에는 거기에 여우의 피를 넣었을 거야, 그때문에 농부 녀석이 여우처럼 교활하게 되었을 거고. 그리고 다음에는 늑대의 피를 넣었겠지. 그로 인해 그들이 늑대처럼 화를 냈을 것이고, 마지막으로 분명히 돼지의 피를 집어넣었겠지. 그때문에 놈들이 돼지처럼 된 것이겠지."

"아닙니다요." 작은 악마가 말했다. "그런 짓은 하지 않았습니다. 저는 그저 농부에게 먹고 남을 만큼의 곡식이 생기게 해 주었을 뿐입니다. 다만, 짐승들의 피는 항상 농부의 몸속에 살고 있었는데, 꼭 필요한 만큼의 곡식만 수확 했을 때에는 그 피가 통로를 찾지 못했던 것이지요. 그때는 농부가 마지막 남은 빵 한 조각 때문에 벌벌 떨지는 않았습니다. 곡식이 남아돌게 되면서 농부는 자신을 즐겁게 해 줄 위안거리가 없을까 방법을 찾게 되었고, 제가 재미있는 오락이라며 술을 담그라고 가르쳐 준 겁니다. 그러자 그 농부가 신의 선물인 곡식으로 술을 만들게 되면서 그 속에 있던 여우, 늑대, 돼지의 피가 깨어나게 된 것입니다. 이제는 술을 마시기만 하면 언제나 짐승이 되어 버립니다."

대장 악마는 작은 악마를 칭찬하고 그가 저지른 빵 한 조각의 실수를 용서해 준 다음 무리들 가운데 가장 높은 지위에 앉게 해 주었다.

대자

말년의 톨스토이

갓 태어난 아기의 파릿한 얼굴을 보거나, 이제 막 걸음마를 시작한 천진난만한 아이들의 웃음을 대하면 이 아이가 어른이 되어 세상의 때에 찌들고 크고 작은 죄를 짓게 되리라고는 상상이 되지 않습니다.

내전이 계속 되는 아프리카의 어느 나라 어린이나, 철저한 통제 속에 있는 북한의 어린이들, 자유로운 대부분의 민주국가 어린이들 모두 인간의 본성을 지니고 태어나지만 그 중의 누가 나쁘게 성장하리라고는 예측을 못합니다.

우리 주위에는 암에 걸린 사람을 흔히 볼 수 있습니다. 문명이 발달하고 의학이 발달할수록 암은 점점 기승을 떨치고 있습니다. 암세포는 쉽사리 죽지 않습니다. 조금 호전될 만 하다가도 금방 극심한 통증을 몰고 다시 덮칩니다. 암은 100% 완치라는 게 없다고 합니다. 이겨 냈다고 생각했지만 어느 순간 숨어 있던 암세포가 몸에 퍼져 사망하는 일이 많습니다. 우리는 흉악 범죄를 저지른 사람이나, 사회 질서를 깨뜨리는 사람, 인간의 기본적인 윤리조차 짓밟는 사람들을 암적인 존재라고 합니다. 그만큼 공동체를 오염시키고 그들로 인해 전체가 멍들고 썩기 때문입니다. 우리 모두의 마음 깊숙한 곳에는 어떠한 항암치료에도 결코 사라지지 않는 암세포가 똬리를 틀고 있습니다. 바로 탐욕과 질투, 어긋난 호기심, 복수심 등등 우리를 좀먹는 그릇된 본성들입니다. 그것들은 주인의 마음상태에 따라 언제든 뛰쳐나올 준비를 하고 있습니다. 이 암세포들은 끊임없이 선한 마음과 충돌하며 남에게 해를 끼치려 하기에 잘 조절하고 달래어 마음 깊숙한 곳에 가둬 두어야 합니다.

다음 이야기에서 톨스토이는 우리 안에 도사리고 있는 암적인 본성들이 드러날 때 자신은 물론 남의 인생이 어떻게 바뀌며, 인간의 운명과 세상의 순리를 억지로 바꾸려 하면 더 큰 죄악을 낳는다는 것과 함께 작은 죄가 쌓여 더 큰 죄가 된다는 평범한 진리를 역설하고 있습니다.

우리의 본성을 어떻게 조절하고 다스릴 수 있는가? 오늘, 톨스토이가 우리에게 묻고 있습니다.

" '눈은 눈으로, 이는 이로'라고 이르신 말씀을 너희는 들었다. 그러나 나는 너희에게 말한다. 악인에게 맞서지 말라." (마태오 복음서 5장 38-39절)

"복수는 내가 할 일, 내가 보복하리라."(로마서 12장 19절)

I

가난한 농부에게 아들이 태어났다. 농부는 매우 기뻐서 이웃에게 아이의 대부가 되어 달라고 부탁했다. 이웃 사람은 거절했다. 가난뱅이 농부의 대부 따위가 되는 것이 탐탁치 않았기 때문이다. 농부는 다른 사람에게 가 보았지만 거기에서도 거절을 당했다. 마을을 다 돌아다녀 보았지만 아무도 대부가 되어주려 하지 않았다. 농부는 다른 마을을 찾아가게 되었다. 그런데 도중에 맞은편에서 오는 행인 한 사람과 우연히 마주쳤다. 행인이 멈춰 서서 물었다.

"안녕하시오, 농부 양반. 어디를 가시오?"

"하느님께서 내게 아이를 주셨습니다. 젊을 때는 내가 돌봐주고 늙어서는 나를 위로해주고 내가 죽은 뒤에는 나를 위해 추도식을 해 줄 아이를 말이지요. 그런데 내가 가난하다 보니 우리 마을에서는 아무도 아이의 대부가 되어주려는 사람이 없지 뭡니까. 그래서 대부를 구하러 가고 있습니다."

이 말에 그 사람이 말했다.

"나를 대부로 삼으시지요.'

농부는 크게 기뻐하며 그 사람에게 감사를 드리며 말했다.

"그럼 대모는 누구를 부를까요?"

"아, 대모는 상인의 딸을 부르세요. 시내로 가세요. 광장에 상점이 여럿 딸린, 돌로 지은 집이 있을 겁니다. 그 집 입구에서 상인에게 따님을 대모로 모시게 해 달라고 부탁해 보시오."

농부는 의아했다.

"예비 대부님, 어떻게 저를 그런 부유한 상인에게 가보라고 하십니까? 그 상인은 저를 업신여겨서 딸을 보내주지 않을 겁니다."

"그건 당신이 염려할 일이 아닙니다. 가서 부탁하세요. 그리고 내일 아침까지 준비를 해 놓으세요. 대부가 되어주러 오겠습니다."

농부는 상인을 만나러 시내로 갔다. 그가 말을 마당에 붙들어 매고 있을 때, 상인이 직접 나왔다.

"무슨 일이오?" 그가 말했다.

"네, 상인 나리. 하느님께서 저에게 자식을 주셨습니다. 젊어서는 내가 돌봐주고 늙어서는 나를 돌봐주고 죽은 다음에는 추도식을 해 줄 그런 자식을 주셨습니다. 부탁컨대 댁의 따님을 제 아이의 대모로 보내주신다면 고맙겠습니다."

"당신 아이의 세례식이 언제요?"

"내일 아침입니다."

"좋습니다. 편안히 돌아가시오. 내일 아침 세례식에 딸이 갈 것이오."

다음 날, 대모에 이어 대부가 도착하여 아기의 세례식이 열렸다. 아이가 세례를 받자마자 대부가 바로 떠나서 그가 누군지 아는 이가 아무도 없었다. 그 후로도 그를 본 사람은 아무도 없었다.

II

어린 아이는 자라면서 부모에게 기쁨을 주었다. 몸도 튼튼하고 성실하게 일도 잘 했으며 영리한데다 온유하기도 했다. 소년이 열 살이 되었을 무렵이었다. 부모는 아이에게 읽고 쓰는 걸 배우게 보냈다. 남들이 오 년 동안 배울 것을 소년은 단 일 년 만에 습득했다. 더 이상 소년에게 가르칠 것이 없었다.

부활절 주간이 돌아왔다. 소년은 대모의 집을 방문하여 부활절 인사를 드리고 집에 돌아와 부모에게 물었다.

"아버지, 어머니. 대부님은 어디에 사시나요? 대부님께 가서 부활절 인사를 드렸으면 좋겠어요."

그러자 아버지가 소년에게 말했다.

"애야, 아들아. 네 대부님이 어디에 사시는지 우리도 모른단다. 우리도 그게 안타깝구나. 세례식에서 너의 대부가 되어주신 이후로 그분을 본 사람이 없구나. 그분에 대한 소식이 들리지 않으니 우리도 그분이 어디에 사는지도 모르겠고 돌아가셨는지 살아 계신지조차 모르고 있다."

아들은 부모에게 허리를 숙여 절을 하면서 말했다.

"아버지, 어머니. 대부님을 찾으러 가도록 허락해 주세요. 그분을 찾아뵙고 부활절 축하 인사를 드리고 싶어요."

부모는 아들이 떠나도록 허락해 주었다. 이렇게 해서 소년은 자신의 대부를 찾아 떠났다.

Ⅲ

소년은 길을 떠났다. 반나절 정도를 걸었을 때, 길을 가던 어떤 사람과 마주치게 되었다. 지나가던 사람은 발을 멈춰서서 말을 걸었다.

"안녕, 애야. 어디를 그렇게 가는 거냐?"

소년은 대답했다.

"제가 대모님을 찾아가 부활절 인사를 드리고 집으로 돌아와 부모님께 물었어요. '제 대부님은 어디 살고 계세요? 찾아뵙고 부활절 축하 인사를 드리고 싶어요'라고요. 그랬더니 부모님께서 대답하시기를 '아들아, 네 대부님이 어디 계신지 우리도 모른단다. 너의 대부가 되신 후로 우리 곁을 바로 떠나셨고 이후로는 소식을 들은 바 없으니 그분의 생사조차 모르겠구나'라고 하셨어요. 저는 대부님을 만나고 싶었습니다. 그래서 이렇게 그분을 찾아 길을 가는 중이에요."

그러자 그 사람이 말했다.

"내가 너의 대부다."

소년은 뛸 듯이 기뻐하며 대부님에게 부활절 축하 인사를 드렸다.

"그런데 대부님, 지금 어디로 가시는 길인가요? 만일 저랑 같은 방향이시면 우리 집에 오시고 대부님 댁으로 가시는 길이면 제가 가겠습니다."

그러자 대부가 말했다.

"내가 지금은 경황이 없어서 너의 집에 갈 수가 없구나. 마을 몇 군데에 볼일이 있거든. 내일이면 내 집으로 갈 수 있단다. 그때쯤 나를 찾아 오거라."

"어떻게 제가 대부님 댁을 찾을 수 있나요?"

"해가 뜨는 방향으로 줄곧 걸어가거라. 그러면 숲에 당도하게 될 것이다. 그 숲의 한가운데 조그만 빈터가 있다. 숲 속 빈터에 앉아 쉬면서 그곳에서 무슨 일이 일어나는지 잘 보아라. 숲에서 나오면 정원을 발견할 것이다. 그 정원 안에는 황금 지붕을 얹은 대저택이 있다. 거기가 내 집이다. 문에 가까이 다가오너라. 내가 너를 거기서 직접 맞이할 것이다."

이렇게 말한 후 대부는 대자의 눈앞에서 홀연히 사라졌다.

IV

소년은 대부가 지시한 대로 계속 걸어서 숲에 이르렀다. 숲속의 빈터로 나와 보니 한가운데에 소나무가 있고 그 소나무 가지에 밧줄이 단단하게 매어져 있었으며 밧줄에는 3푸드(1푸드는 약 16.38킬로그램 - 역주) 정도 무게의 참나무 토막이 매달려 있었다. 그런데 나무토막 밑에는 꿀이 담긴 통이 놓여 있었다. 소년이 '도대체 무슨 까닭으로 여기에 꿀이 놓여 있으며 나무토막이 매달려 있는 걸까'하고 생각한 순간, 숲 쪽에서 나뭇가지가 뚝뚝 꺾어지는 소리가 났다. 소년이 보니까 곰이 몇 마리 오고 있었다. 맨 앞에는 어미 곰이, 그 뒤를 두 살배기 곰이 뒤따라 왔으며, 그 뒤로 조그만 새끼 곰 세 마리가 더 있었다.

어미 곰은 코로 냄새를 깊이 들이마시더니 곧장 꿀통 쪽으로 다가갔다. 그러자 새끼 곰들도 어미 곰의 뒤를 따랐다. 어미 곰이 꿀통에 주둥이를 밀어 넣고 새끼 곰들을 부르자 새끼 곰들이 달려와서 통에 달라붙어 꿀을 먹었다. 이때 나무토막이 앞 뒤로 가볍게 흔들리며 새끼 곰들을 살짝 건드리기 시작했다. 이것을 본 어미 곰은 앞발로 나무토막을 밀어젖혔다. 그러자 나무토막은 뒤로 멀리 밀려갔다가 돌아오면서 새끼 곰들의 서 있는 곳 한가운데로 날아왔다. 어떤 놈은 등짝을, 어떤 놈은 머리를 얻어맞았다. 새끼 곰들은 비명을 지르며 옆으로 멀찍이 물러섰다. 어미 곰은 으르렁거리며 두 발로 나무토막을 붙들어 머리 위로 들어 올린 다음 힘껏 멀리 밀었다. 나무토막은 높이 날아갔고, 두 살배기 곰은 꿀통을 향해 껑충거리며 뛰어가서 주둥이를 꿀 속에 처넣고는 쩝쩝

거리며 게걸스럽게 꿀을 먹었고, 다른 곰들도 가까이 다가가기 시작했다. 곰들이 미처 다가가기도 전에 나무토막은 다시 되돌아 날아와서 두 살배기 곰의 머리를 때렸고 곰은 그만 죽어버렸다. 어미 곰은 전보다 더 사납게 포효하면서 나무토막을 붙잡아 있는 힘을 다해 밀쳐냈다. 나뭇가지보다 더 높이 날아 올랐다. 밧줄이 느슨해질 정도였다. 어미 곰이 꿀이 담긴 통에 접근하자, 새끼 곰들도 전부 어미의 뒤를 따라갔다. 나무토막은 위로 위로 날아오르다 한순간 멈춘 후 아래쪽으로 떨어져 내렸다. 내려올수록 속도가 빨라졌다. 극도로 속도가 빨라진 나무토막이 어미 곰을 덮쳤다. 쿵하는 소리와 함께 어미 곰의 머리와 충돌한 것이다. 어미 곰은 벌렁나자빠져서 다리를 부르르 떨더니 숨이 끊어졌다. 새끼 곰들은 흩어져 달아났다.

V

소년은 놀랐지만 길을 계속 갔다. 이윽고 커다란 정원에 이르게 되었는데 그 정원 안에는 황금 지붕의 대저택이 높이 솟아 있었다. 대문 앞에는 대부가 웃으며 서 있었다. 대부는 소년과 인사를 나눈 뒤 대문 안으로 데리고 들어가서 정원을 거닐었다. 그 정원은 꿈에서조차 본 적이 없을 만큼 아름답고 즐거운 곳이었다.

대부는 소년을 저택 안으로 인도하였다. 저택 안은 더욱 훌륭했다. 대부는 모든 방을 다니며 일일이 안내했다. 하나같이 훌륭하고 아름다워 소년은 기쁨이 넘쳤다. 이윽고 대부는 소년을 어느 봉인된 문 앞으로 데리고 갔다.

"이 문이 보이느냐? 이 문은 자물쇠가 채워져 있지는 않지만 출입이 금지되어 있다. 이 문을 열 수는 있다. 하지만 나는 너에게 이 문을 열지 말도록 명한다. 너는 여기서 네가 원하는 방식으로 지내고 놀면서 모든 즐거움을 다 누릴 수 있다. 하지만 단 한 가지, 이 문 안으로 들어가면 안 된다. 혹시라도 들어가게 되면 숲에서 네가 보았던 것을 떠올려라."

대부는 이렇게 말한 후 가버렸다. 대자는 홀로 남겨진 채 지내게 되었다. 너무 재미있고 즐거워서 세 시간 정도의 시간을 보냈다고 느꼈지만 사실상 그는 그곳에서 삼십 년 동안을 살았다. 그렇게 삼십 년이 흘러간 어느 날, 대자는 봉인된 문 근처로 다가가서 생각했다.

"대부님은 어째서 내가 이 방에 들어가는 것을 금지했을까? 저 안에 뭐가 있는지 한 번 들어가 볼까?"

문을 밀었더니 봉인이 떨어져 나가면서 문이 열렸다. 대자가 안으로 들어가 보았더니 다른 어떤 방보다도 커다랗고 훌륭했고, 방의 한가운데에는 황금으로 된 왕좌가 있었다. 대자는 방 안을 이리저리 거닐다 그 왕좌에 가까이 다가갔고 계단을 올라가 왕좌에 앉았다. 왕좌 곁에 왕의 홀이 세워져 있는 게 보였다. 대자는 홀을 손으로 잡았다. 왕홀을 손으로 잡자마자 갑자기 그 방 안의 사면의 벽이 떨어졌다. 대자가 주위를 둘러보니 온 세상이 다 보였고 세상 사람들이 하고 있는 일도 다 보였다. 정면에는 바다의 풍경과 배들이 항해하는 모습이 보였다. 오른쪽에는 여러 다른 이교도의 민족들이 살아가는 모습이 보였다. 왼편을 바라보니 기독교인이지만 러시아인이 아닌 사람들이 살아가는 모습이 보였다. 네 번째 방향을 바라보았다. 거기에는 러시아 사람들이 살아가는 모습이 보였다.

"우리 집에는 무슨 일이 일어나고 있는지, 곡식들은 잘 영글었는지 한 번 볼까?"

그는 자기 집 들판을 살펴보았다. 낟가리들이 서 있는 것이 보였다. 그는 곡식이 많은지 어떤지 알아보려고 낟가리들의 숫자를 세었다. 그러다 들판에 짐마차가 한 대 지나가고 거기에 농부가 한 명 앉아 있는 것이 보였다. 대자는 그의 부모가 곡식 단을 쌓으려고 한밤중에 마차를 몰고 오는 거라고 생각했다. 그러나 잘 보았더니 도둑놈 바실리 쿠드랴쇼프가 타고 있었다. 바실리는 낟가리 더미로 다가가더니 곡식 단을 짐마차에 쌓기 시작했다. 대자는 화가 치밀어 소리를 질렀다.

"아버지! 들판에서 누가 곡식 단을 훔쳐가요!"

아버지는 야간 방목장에서 자고 있다가 잠에서 깨어났다.

"곡식 단을 도둑맞는 꿈을 꾸었어. 살펴보러 가야겠다."

그는 말을 타고 출발했다. 아버지는 들판에 도착해서 바실리를 발견하고는 다른 농부들을 소리쳐 불렀다. 농부들은 바실리를 두들겨 팬 후 꽁꽁 묶어서 감옥에 처넣었다. 이어서 대자는 그의 대모가 사는 도시 쪽으로 눈을 돌렸다. 대모는 어떤 상인과 결혼해서 살고 있었다. 그런데 그녀가 자고 있을 때, 남편이 일어나서 정부에게 가고 있었다. 대자는 대모에게 외쳐댔다.

"대모님! 일어나세요! 남편이 나쁜 짓을 하고 있어요!"

대모는 벌떡 일어나 옷을 걸치고는 남편의 소재를 샅샅이 뒤져 알아낸 후 남편의 애인에게 망신을 주고 두들겨 팼다.

그리고 남편을 집에서 내쫓았다. 이어서 대자는 자신의 어머니에게 주의를 돌렸다. 어머니가 집 안에 누워 있는 모습이 보였다. 그런데 강도가 기어 들어와 귀중품 상자를 부수기 시작했다. 어머니가 잠에서 깨어 비명을 질렀다. 강도는 깜짝 놀라 어머니를 죽일 셈으로 도끼를 움켜쥐고 어머니를 향해 휘둘렀다. 대자가 더는 참지 못하고 강도를 향해 왕의 홀을 던지자 홀이 정확하게 강도의 관자놀이에 맞아 그 자리에서 즉사했다.

VI

대자가 강도를 죽이자마자 벽들이 닫히고 방 안은 다시 예전처럼 되었다. 그때 문이 열리며 대부가 들어왔다. 대부는 대자에게 다가가서 그의 손을 잡고 왕좌에서 끌어 내렸다. 그리고 말했다.

"너는 나의 명령을 어겼다. 금지된 문을 열었을 때, 너는 첫 번째 잘못을 저지른 것이다. 왕좌에 올라 나의 왕홀을 손에 쥐었을 때, 너는 두 번째 잘못을 저지른 것이다. 네가 저지른 세 번째 잘못은 세상에 죄를 더 보탠 것이다. 네가 한 시간만 더 앉아 있었다면 세상 사람들 절반을 망쳐 놓았을 것이다."

대부는 이렇게 말하며 대자를 데리고 다시 왕좌에 올라가 손에 왕의 홀을 쥐었다. 그러자 다시 벽돌이 무너지면서 모든 것들이 보이게 되었다. 대부가 말했다.

"자, 네가 너의 아버지에게 어떤 짓을 했는지 보아라. 바실리는 일 년 동안 감옥에 갇혀 살며 온갖 악행을 다 배웠고 분노의 화신이 되었다. 저기를 봐라. 그가 너의 아버지에게서 두 필의 말을 훔치고 있다. 게다가 집에 불을 지르기 시작하는 게 보이느냐? 이게 바로 네가 너의 아버지에게 한 짓이다."

대자가 아버지의 농가에 불이 나기 시작한 광경을 보자마자 대부는 바로 가려버리고 다른 쪽을 보도록 명령했다.

"자, 너의 대모의 남편은 최근 일 년 간 아내를 버려둔 채, 다른 여자들과 바람을 피우고 다닌다. 너의 대모는 괴로워서 술을 입에 대기 시작했고, 남편의 옛 애인은 완전히 타락해 버렸다. 이게 바로 네가 대모에게 한 일이다."

대부는 이것도 가려 버렸다. 그리고 대자의 집 쪽을 보여주었다. 대자는 어머니를 발견했다. 어머니는 살면서 자신이지은 갖가지 죄를 뉘우치며 울고 있었다.

"그때 강도가 나를 죽였더라면 더 좋았을 텐데……. 그랬다면 이렇게 많은 죄를 짓지는 않았을 거야."

"이게 바로 네가 어머니에게 한 짓이다."

대부는 이것도 가려 버린 뒤 아래쪽을 가리켰다. 대자의 눈에 그 강도의 모습이 보였다. 두 명의 간수가 감옥 앞에서 강도를 억류하고 있었다. 대부는 대자에게 말했다.

"이 인간은 아홉 사람의 삶을 파멸시켰다. 그는 자신의 죗값을 스스로 치러야만 했는데 네가 그 자를 죽이는 바람에 그의 모든 죄를 너의 것으로 짊어지게 되었다. 이제 너는 그의 모든 죄에 대해 책임을 저야 한다. 이 모든 것은 네 스스로 자초한 것이다. 어미 곰이 나무토막을 처음 밀었을 때는 새끼 곰들을 놀라게 했었다. 두 번째 밀치자 두 살배기 곰을 죽였다. 그리고 세 번째 밀쳤을 때는 자기 자신을 파멸시키고 말았다. 네가 저지른 일도 이와 똑같다. 내가 이제 너에게 삼십 년의 기한을 주겠다. 세상으로 나가 강도의 죗값을 갚도록 해라. 만일 죗값을 다 치르지 못한다면 네가 그의 자리에 가게 될 것이다."

그러자 대자가 말문을 열었다.

"도내체 제가 어떻게 해야 강도의 죗값을 보상할 수 있습니까?"

그러자 대부가 말했다.

"네가 저지른 만큼의 죄를 세상에 나가서 없애게 되면 그때서야 너와 강도의 죗값을 모두 갚게 될 것이다."

대자가 물었다.

"세상에 나가서 죄를 없애려면 어떻게 해야 합니까?"

"해가 떠오르는 방향으로 곧장 걸어가라. 들판에 다다르게 될 것인데 그 들판에는 사람들이 있을 것이다. 사람들이 하는 것을 지켜 보거라. 그리고 네가 알고 있는 것을 그 사람들에게 가르쳐 주어라. 그 다음에 길을 계속 걸어가며 네 눈앞에 나타나는 것들을 유심히 보아 두어라. 나흘째 되는 날, 숲에 도착하게 될 것이다. 그 숲에는 자그마한 오두막이 있고 그곳에 수도자가 한 명 살고 있다. 그 사람에게 그동안 있었던 일을 모두 고하여라. 그가 너에게 가르침을 줄 것이다. 그 수도자가 분부하는 대로 네가 모두 완수했을 때, 그때에야 비로소 너와 강도의 죗값이 모두 갚아지게 될 것이다."

대부는 이렇게 말한 후, 대자를 대문 밖으로 나가게 해 주었다.

VII

대자는 출발했다. 그는 걸으면서도 곰곰 생각했다.

'도대체 어떻게 해야 세상의 죄를 없앨 수 있는 걸까? 세상은 죄인들을 유형 보내거나 감옥에 가두거나 사형을 시켜 버리고 있어. 악을 없애면서도 다른 사람의 죄를 내 것으로 만들지 않으려면 내가 어떻게 해야 하나?'

생각을 거듭해도 대자는 답을 찾을 수 없었다. 걷고 또 걸어 대자는 들판에 이르렀다. 들에는 곡식들이 빽빽하게 잘 영글어 마침 수확할 때가 되었다. 그런데 대자가 보니 밀밭 안으로 어린 송아지 한 마리가 길을 잃고 뛰어 들어왔다. 그것을 본 사람들이 말을 타고 이쪽에서 저쪽으로 송아지를 몰아대고 있었다. 송아지가 밀밭 바깥으로 뛰어 나가려고 하면 바로 다른 사람들이 말을 타고 몰아대어 송아지는 깜짝 놀라 밀밭 속으로 다시 들어가 버렸다. 그러면 사람들은 다시 송아지의 뒤를 따라 밀밭 안을 쫓아 달렸다. 그리고 길 한쪽에서는 농부 아낙네가 "저 사람들이 내 송아지를 몰아넣고 있네" 하면서 울고 있었다. 그래서 대자는 농부들에게 말을 붙였다.

"여러분은 왜 그런 식으로 하는 거죠? 여러분 모두 밭에서 나오세요. 이 아주머님에게 자기 송아지를 큰 소리로 불러내게 하세요."

사람들이 그의 말대로 했다. 농부 아낙네는 밭 언저리로 다가가 큰 소리로 송아지를 부르기 시작했다.

"이리 온, 이리 온. 내 송아지 뜨쁘류시야. 이리 오렴!"

송아지는 귀를 쫑긋 세우더니 아낙네를 향해 달려가 주둥이를 치맛자락에 부딪쳐 하마터면 아낙네가 넘어질 뻔 했다. 그렇게 농부들도, 아낙네도, 송아지도 기뻐했다.

대자는 계속해서 걸으며 생각했다.

'나는 지금 악은 악으로 인해 더 커진다는 사실을 본 거야. 사람들이 악을 몰아내려고 할수록 악은 더 크게 일어나는 거야. 악은 악으로 없앨 수는 없는 거야. 그러면 무엇으로 없앨 수 있는지 모르겠군. 송아지가 여주인의 말을 따라주어서 잘 되기는 했지만 그러지 않았다면 어떻게 송아지를 밭으로부터 나오게 할 수 있었을까?'

생각하고 또 생각했지만 아무런 해답도 찾지 못한 채 대자는 길을 계속 걸었다.

VIII

대자는 걷고 또 걸어 어느 시골 마을에 도착했다. 그는 마

을의 가장 끝에 있는 농가에 가서 하룻밤 재워 달라고 부탁
했다. 그 집의 안주인이 허락했다. 집 안에는 아무도 없고 아
주머니만 혼자 청소를 하는 중이었다.

대자는 집 안으로 들어간 후 페치카 위에 올라가 앉아 주
인이 일하는 모습을 지켜보았다. 대자가 보니 주인은 집 안
을 깨끗이 청소하고 난 뒤 식탁을 물로 씻어냈다. 그리고는
더러운 행주로 물기를 닦아내려 했다. 아주머니가 수건을 한
쪽 방향으로 죽 문질러 닦아냈지만 식탁은 깨끗이 닦아지지
않았다. 수건이 더러웠기 때문에 식탁 표면에 더러운 줄무늬
자국이 남았던 것이다. 다른 방향으로 닦기 시작하자 먼젓번
의 줄무늬는 닦였지만 또 다른 줄무늬가 만들어졌다. 아주머
니는 또다시 줄무늬를 닦아냈지만 여전히 똑같은 일이 반복
되었다. 더러운 수건으로 식탁이 더럽혀졌다. 한 가지 더러
움을 닦아내면 다른 더러움이 만들어졌다. 대자는 계속 바라
보다 말했다.

"아주머니, 대체 뭘 하시는 거죠?"

"보면 모르시오, 축일을 대비해서 청소를 하는 거지. 그런
데 이 식탁은 뭘 어떻게 해도 깨끗이 닦이질 않고 계속 더러
운 자국이 남네요. 완전히 지쳤어요."

"행주를 물에 빨아서 닦으시면 될 텐데요."

안주인은 그 말대로 했고 식탁은 말끔히 닦였다.

"가르쳐 줘서 고마워요," 아주머니가 말했다.

이튿날 아침, 대자는 주인에게 작별 인사를 하고 계속 길을 갔다. 걷고 또 걸어 숲에 당도했다. 농부들이 수레바퀴의 테를 구부려 만들고 있는 게 보였다. 대자가 다가가 살펴보니 농부들이 빙빙 돌고 있지만 바퀴 테는 휘어지지 않았다. 좀 더 유심히 바라보니 작업 중인 받침목이 고정되어 있지 않아서 빙빙 헛돌고 있었다. 잠시 지켜보던 대자가 말했다.

"여러분, 대체 뭘 하고 계신 거죠?"

"보다시피 바퀴 테를 구부리고 있소. 벌써 두 번이나 김을 쐬어 찌느라 완전히 지쳤어요. 그런데도 구부려지지를 않네요."

"이런, 이 받침목을 단단히 고정시키세요. 그렇지 않으면 지금처럼 받침목과 함께 당신들이 빙글빙글 돌아갈 겁니다."

농부들이 그의 말대로 받침목을 고정시키자 일이 순조롭게 풀렸다. 대자는 그들이 있는 곳에서 하룻밤을 지낸 후 가던 길을 계속 걸었다. 꼬박 하루 낮과 밤을 걸어서 동이 트기 직전에 가축을 치는 사람들이 유숙하는 곳에 다가가서 잠시 누웠다. 대자는 그들이 가축들을 한곳에 모아 놓고 불을 지 피는 것을 보았다. 그들은 마른 나뭇가지를 가져다 불을 지 폈는데 불이 활활 타오르기 전에 불 위에 젖은 나뭇가지를 얹었다. 그러자 젖은 나뭇가지에서 쉭쉭 소리가 나며 불이 그만 꺼져 버렸다. 그들은 마른 나뭇가지를 더 가져다 불을 붙였고 그 위에 젖은 나뭇가지를 다시 얹어 불을 또 꺼지게 했다. 오랫동안 애를 썼지만 불을 타오르게 하지 못했다. 대 자가 말했다.

"여러분, 젖은 나뭇가지를 그렇게 서둘러 얹지 마세요. 그 보다 먼저 불이 활활 잘 타오르도록 만드세요. 불이 활활 타 오르게 되면 그때에 젖은 나뭇가지들을 얹으세요."

그들은 그렇게 했다. 불길이 강하게 타오른 다음에 젖은 나뭇가지를 얹었다. 곧 젖은 나뭇가지에 불이 활활 붙었고 마침내 화톳불이 훨훨 타오르게 되었다. 대자는 그들 곁에 잠시 머물다 계속 길을 떠났다. 대자는 거듭 생각했다.

'무엇을 위해 내가 이 세 가지 일들을 보게 된 것일까?'

하지만 아무것도 깨닫지 못했다.

IX

대자는 걷고 또 걸었다. 하루가 지났다. 그가 숲에 당도했
는데 은자의 오두막이 있었다. 대자는 그곳에 다가가 문을
두드렸다. 안에서 어떤 목소리가 물었다.

"거기 누가 왔는가?"

"저는 큰 죄를 지은 죄인입니다. 다른 사람의 죄를 갚기 위
해 길을 가고 있습니다."

노인이 밖으로 나왔다. 그리고 물었다.

"그대가 갚아야 하는 다른 사람의 죄는 도대체 어떤 것인
가?"

대자는 노인에게 이야기를 전부 들려주었다. 자기의 대부
와 새끼 곰들을 데리고 다니던 어미 곰과 봉인된 방 안에 있
던 왕좌에 대해, 그리고 대부가 그에게 당부했던 내용에 대
해, 들에서 그가 농부들을 보게 된 것과 그 농부들이 곡식을
온통 짓밟은 이야기, 그리고 송아지가 스스로 밭에서 나와
주인 쪽으로 갔던 이야기 등등.

"저는 깨달았습니다. 악을 악으로 없앨 수 없다는 것을 말
입니다. 그런데 깨우치지 못한 것이 있는데 그것은 악을 없
애려면 어떻게 해야 하는지에 대한 것입니다. 저에게 가르침

을 주시기 바랍니다."

그러자 노인이 말했다.

"길을 따라 오면서 도중에 보았던 것을 좀 더 말해 주겠나?"

대자는 아주머니가 어떻게 집 청소를 했는지, 그리고 농부들이 어떻게 바퀴 테를 구부렸는지, 그리고 가축을 치는 사람들이 어떻게 불을 피웠는지 이야기했다. 노인은 오두막으로 들어가 잠시 후 나왔는데 손에는 날이 성하지 않은 조그만 도끼 한 자루가 들려 있었다. 그가 말했다.

"갑시다."

그는 오두막에서 조금 떨어진 곳에 이르러 나무 한 그루를 가리키며 말했다.

"나무를 베시오." 대자가 나무를 찍어 쓰러뜨렸다.

"이제 세 토막으로 자르시오."

대자가 세 토막으로 나무를 잘랐다. 노인은 다시 오두막으로 가서 불을 가지고 왔다. 그가 말했다.

"이 세 개의 나무토막을 태우시오!"

대자가 불을 피워 세 개의 나무토막을 태우자 세 개의 숯덩이가 남았다.

"땅에 반쯤 파묻으시오. 이렇게 말이오."

대자가 숯덩이를 묻었다.

"보시오, 산 아래에 강이 있소. 저기에서 입으로 물을 머금어 가져다 뿌리시오. 이 숯덩이에 물을 주시오. 당신이 농가의 주인을 가르친 것처럼, 당신이 바퀴 테를 만드는 사람들을 가르친 것처럼 물을 주시오. 숯덩이 세 개가 모두 싹이 트고 숯덩이에서 사과나무 세 그루가 자라나게 될 때, 그때에는 사람들의 악을 어떻게 없앨 수 있는지 알게 될 것이오. 그러면 죄를 갚게 되는 거요."

이렇게 말한 후 노인은 자신의 오두막으로 가 버렸다. 몇 번을 되새겨 생각해 보았으나 대자는 노인이 그에게 한 말을 이해할 수가 없었다. 그러나 그는 지시 받은 것을 실천하기 시작했다.

X

대자는 강가로 가서 입안에 물을 가득 담아 가지고 와서는 숯덩이 나무에 물을 주었다. 그리고 다시 되풀이해서 강으로 갔다. 숯덩이 한 개가 심어진 주변의 땅이 젖을 때까지 백 번을 오고 갔다. 그런 다음에는 다시 다른 두 개에도 물을 주었다. 대자는 완전히 기진맥진해서 배를 채우고 싶어졌다. 먹을 것을 달라고 부탁하기 위해 그는 은자의 오두막으로 갔다. 그는 문을 열었다. 그런데 은자가 주검이 된 채 긴 의자 위에 누워 있었다. 대자는 주변을 둘러보다 마른 빵을 발견하여 먹었다. 그는 삽을 찾아내어 은자의 무덤을 만들어 주려고 땅을 파기 시작했다. 한밤중에는 물을 길어다 뿌리고 낮에는 무덤을 팠다. 무덤을 파는 것을 막 끝마치고 매장을 하려고 할 무렵 마을에서 사람들이 도착했다. 그들은 은자에게 먹을 것을 갖다 주러 온 사람들이었다.

사람들은 은자가 죽었다는 사실과 그 자리에 대자를 앉도록 했다는 사실을 알았다. 사람들은 은자를 묻어준 후 대자를 위해 빵을 남겨 두었다. 그들은 다시 온다는 약속을 남기고 떠났다. 대자는 이렇게 해서 은자의 거처에 홀로 남아 살게 되었다. 그는 사람들이 그에게 가져다주는 것들로 먹고 살면서, 명령 받은 일, 즉 입으로 강에서 물을 길어다 숯덩이에 주는 일을 이행하며 살아갔다.

대자가 그렇게 일 년을 지내는 동안 많은 사람들이 그에게 찾아왔다. 숲속에 성스러운 사람이 살고 있는데 산 아래로부터 입으로 물을 길어와 반쯤 타다만 그루터기에 물을 주면서 영혼을 구원받기 위해 노력한다는 소문이 퍼졌기 때문이다. 수많은 사람들이 그를 찾아오기 시작했다. 부유한 장사꾼들도 선물을 싣고 그를 찾아왔다. 대자는 꼭 필요한 것을 제외하고는 아무것도 자신의 것으로 갖지 않았으며 사람들이 그에게 주고 간 것들을 가난한 이들에게 나누어 주었다. 대자는 그렇게 하루의 반은 입으로 물을 길어 숯덩이에 뿌리고 나머지 반은 쉬면서 사람들을 접견했다. 그리하여 대자는 노인이 지시한 대로 사는 것이 악을 근절하고 죄를 갚는 것이라고 생각하게 됐다.

그렇게 대자는 또 다시 일 년을 지냈다. 하지만 그가 물을 주는 일을 하루도 거르지 않았음에도 숯덩이에서는 싹이 트지를 않았다. 어느 날, 그가 거처에 앉아 있는데 어떤 소리가 들렸다. 말을 타고 지나가는 사람이 부르는 노래 소리였다. 대자는 밖으로 나가서 어떤 사람인지 바라보았다. 그는 힘이 세어 보이는 젊은 남자였다. 그가 입은 옷은 고급이었고 말과 말 위에 얹은 안장도 값비싼 것이었다. 대자는 그를 멈춰 세우고 그가 누구인지 어디로 가는 중인지 물었다. 그는 멈춰 서서 말했다.

"나는 강도다. 말을 타고 길을 가면서 사람을 죽이지. 사람을 많이 죽일수록 더 즐거워져 노래를 부르는 거다."

대자는 몸서리를 치며 생각했다.

'저런 인간의 악은 어떻게 없앨 수 있을까? 나를 찾아오는 사람들은 스스로 죄를 뉘우치기에 설교를 하기가 좋은데 이 사람은 악행을 자랑하고 있잖은가.'

대자는 아무 말도 하지 않고 비켜서 잠시 걸으며 생각했다. '이제 이 강도가 이곳을 들락거리면 사람들이 겁을 먹고 나에게 오는 것을 그만 둘 것이다. 그러면 그 사람들에게도 도움이 안 되고 나도 어떻게 먹고 살아야 할 지 막막할 거야.'

이런 생각 끝에 대자는 멈춰 서 강도에게 말을 걸었다.

"나를 찾아 여기에 오는 사람들은 악을 자랑하는 것이 아니라 죄를 뉘우치고 기도를 통해 죄를 물리치기 위해 오는 거요. 그대 또한 신이 두렵다면 죄를 뉘우치도록 하고 뉘우칠 마음이 없다면 여기서 썩 물러가 다시는 이곳으로 돌아오지 마시오. 나를 혼란시키지 말고 또한 사람들에게 겁을 주어 나에게서 쫓아버리지 마시오. 이 말을 따르지 않으면 신이 그대에게 벌을 내릴 것이오."

강도가 껄껄거리며 비웃었다.

"나는 신 따위 무섭지 않다. 그러니 네 놈의 말도 따르지 않겠다. 너는 나의 주인이 아니다. 너는 기도질을 해서 먹고 살고, 나는 강도질을 해서 먹고 사는 것뿐이다. 누구나 먹고 살아야 하잖아. 너는 너에게 들락거리는 여편네들에게 설교를 하면 되지 나를 가르칠 필요는 없다. 네 놈이 나에게 신에 대해 말했으니 그 대가로 내일 두 놈을 추가로 죽일 테다. 네 놈도 지금 당장 죽여 버릴 수 있지만, 손을 더럽히고 싶지 않구나. 앞으로 내 눈에 띄지 않도록 조심해라."

강도는 이렇게 협박한 후 가버렸다. 그리고 이후로는 그곳을 지나다니지 않았고 따라서 대자의 삶도 예전처럼 편하게 흘러갔다. 그렇게 팔 년이 지나고 나자 대자는 조금씩 따분함을 느끼기 시작했다.

XI

어느 날 숯덩이에 물을 준 뒤 오두막으로 돌아와 앉아 쉬면서 조만간 누가 오지 않을까하여 오솔길을 바라보고 있었다. 그런데 이날은 단 한 사람도 찾아오지 않았다. 저녁때까지 한참 동안 혼자 있다 적적해진 그는 자신의 삶에 대해 숙고하게 되었다. 그는 기도 행위로 생계를 유지한다며 자신을 비난했던 강도를 회상했다. 그리고 자신의 삶을 돌아보았다.

'나는 은자께서 분부했던 대로 살고 있는 게 아니야. 은자께서는 내게 고행을 분부하셨는데 나는 고행을 통해 빵과 세간의 명예를 만들었어. 그렇게 그런 일에 미혹 되어 사람들이 나에게 오지 않을 때면 적적해 하는 거야. 그리고 사람들이 찾아와서 나의 고결함을 찬양하는 것을 기뻐했을 뿐이야. 이렇게 살아서는 안 되겠다. 나는 세속적인 명예에 현혹 되었던 것이다. 이전에 지은 죄를 갚기는커녕 오히려 새로운 죄를 지었던 거야. 사람들이 나를 찾아내지 못하도록 다른 장소로 가야겠다. 예전의 죄를 씻고 새로운 죄를 짓지 않기 위해 혼자 살아가야겠다.'

그렇게 생각한 대자는 마른 빵을 넣은 조그만 자루와 삽을 챙겨들고 오두막을 떠나 골짜기를 향해 출발했다. 인적이 드문 장소에 스스로 토굴을 파고 사람들로부터 몸을 숨긴 채 살기 위해서였다. 대자가 자루와 삽을 들고 걷고 있는데 강도가 그와 맞닥뜨렸다. 겁에 질린 대자가 도망가려 했지만 강도는 곧 그를 따라잡았다.

"어디 가는 거냐?" 그가 물었다.

대자는 사람들을 피해 아무도 그를 찾아오지 않을 만한 장소로 떠난다고 말했다. 강도는 깜짝 놀랐다.

"사람들이 너를 찾아오지 않으면 대관절 무얼 먹고 살 작정이냐?"

대자는 이 점에 대해서 미리 생각해둔 바가 전혀 없었다. 그렇지만 강도가 문자 식량에 대한 생각을 떠올리게 되었다. 그가 대답했다.

"신이 주는 것으로."

강도는 한마디 말도 않고 가던 길을 갔다.

"어째서 나는 그에게 그의 삶에 대해서 아무 말도 안 했을까! 이제는 뉘우칠지도 모르는데…… 오늘은 어째 좀 부드러워진 것 같네…… 나를 죽이겠다고 위협하지도 않고."

그래서 대자는 강도의 뒤에 대고 큰 소리로 외쳤다.

"그래도 당신은 참회해야 하오. 신으로부터 벗어날 수는 없소."

강도는 말의 방향을 돌렸다. 그리고는 허리춤의 칼을 뽑아 들고 대자를 향해 휘둘렀다. 대자는 질겁을 하며 숲으로 달아났다. 강도는 그를 뒤쫓아 오지는 않고 말만 했다.

"이놈의 늙은이, 내가 너를 두 번 용서해 주었다. 세 번째는 어림없어. 죽을 줄 알아!"

이렇게 말한 후 강도는 말을 타고 가버렸다. 대자가 저녁

때 숯덩이에 물을 주러 갔다가 그것들 중 하나에서 싹이 튼 것을 보았다. 숯덩이에서 사과나무가 자라고 있었다.

XII

대자는 사람들로부터 몸을 숨기고 혼자 살아갔다. 가지고 있던 마른 빵이 다 떨어졌다.

"그럼 이제 먹을 만한 나무뿌리라도 찾아보자."

대자가 이렇게 생각하며 찾아 나서자마자 나뭇가지에 마른 빵이 든 자루가 걸려 있는 것이 눈에 띄었다. 대자는 그걸 가져와서 먹고 살아가게 되었다. 마른 빵이 떨어질 때쯤, 같은 나뭇가지에서 다시 다른 자루를 발견했다. 대자는 그렇게 살았다. 대자에게는 한 가지 근심이 있었다. 그는 강도를 두려워했다. 강도가 나타나는 느낌이 들면 그는 재빠르게 몸을 숨겼다. 그는 이렇게 생각했다.

'저놈은 나를 죽일 거야. 그러면 죄를 갚는 일을 해낼 수 없겠지.'

대자는 그렇게 십 년을 더 살았다. 사과나무는 한 그루만 자랐을 뿐, 두 개의 숯덩이는 여전이 타다 남은 나무토막인 채 남아 있었다. 어느 날, 대자가 일찍 일어나서 자신의 할 일을 수행하러 갔다. 숯덩이 주변의 땅을 축축하게 적신 후 완전히 지쳐서 잠시 쉬려고 앉았다. 그는 앉아서 쉬던 중 이런 생각을 하게 되었다.

'나는 잘못을 저질렀어. 죽음을 두려워하게 됐어. 신이 원한다면 죽음으로라도 죄를 갚아야겠다.'

막 이런 생각을 하던 차에 느닷없이 강도가 말을 타고 가며 욕설을 퍼붓는 소리가 들려왔다. 대자는 그 소리를 들으며 생각했다.

'좋은 일이든 나쁜 일이든 내게 일어나는 일은 하느님의 뜻이다.'

그는 정면으로 강도를 향해 걸어갔다. 그가 보았더니 강도는 혼자서 말을 타고 오는 것이 아니라 안장 위에 사람 한 명을 태우고 있었다. 그런데 그 사람의 손과 입이 결박되어 있었다. 강도는 그를 향해 욕을 퍼붓고 있었다. 대자는 강도에게 가까이 다가가 말 앞을 가로막아 섰다.

"이 사람을 어디로 끌고 가는 거냐?"

"숲으로 끌고 갈 거야. 이놈은 상인의 아들이다. 제 애비의 돈이 어디에 숨겨져 있는지 말을 하지 않아. 이놈이 실토할 때까지 채찍질을 할 거다."

강도는 이렇게 말하며 말을 몰아 지나가려고 했다. 그러나 대자는 그를 보내주지 않고 말의 고삐를 움켜쥐었다.

"이 사람을 놓아줘라."

강도는 대자에게 화를 내며 그를 향해 주먹을 치켜 올렸다.

"너도 같은 꼴이 되고 싶은 거냐? 너를 죽이겠다고 맹세했었지. 고삐를 놓으란 말이야!"

대자는 겁내지 않았다.

"놓지 않겠다. 나는 네가 두렵지 않아. 나는 오직 신만이 두려울 뿐이다. 신께서 고삐를 놓지 말라고 명령하신다. 그 사람을 보내 줘라."

강도는 인상을 잔뜩 찌푸리더니 칼을 빼어 밧줄을 끊은 다음 상인의 아들을 풀어 주었다.

"썩 꺼져, 너희 둘 다. 다음번에는 내 눈에 띄지 않게 조심해!"

상인의 아들은 말에서 뛰어내리더니 달려가 버렸다. 강도는 말을 몰아 지나가려고 했으나 대자는 그를 붙들어 세워 추악한 삶을 청산하라고 한 번 더 종용했다. 강도는 잠시 멈춰 서서 전부 듣고는 한 마디 말도 하지 않고 말을 타고 가버렸다. 다음 날 아침, 대자가 숯덩이에 물을 주려고 갔다. 두 번째 숯덩이에서 싹이 올라와 있었다. 역시 사과나무가 자라나고 있었다.

XIII

또다시 십 년이 흘러갔다. 어느 날 대자는 가만히 앉아 있었다. 그는 아무것도 바랄 것이 없었고 그 무엇도 두렵지 않았으며 가슴에는 기쁨이 가득했다. 그는 생각했다.

'신은 사람에게 얼마나 큰 축복을 내렸는가! 그런데도 사람들은 헛되이 스스로를 괴롭히고 있구나. 행복하게 살아야 하는데.'

그는 인간 세상의 모든 악에 대해서, 또 사람들이 스스로를 어떻게 괴롭히는가에 대해서 떠올렸다. 그는 사람들이 불쌍하게 느껴졌다.

'내가 이렇게 사는 것은 헛된 일이다. 세상에 나가서 사람들에게 내가 알고 있는 것을 말해 주어야겠다.'

그가 이런 생각을 하고 있을 때 마침 어떤 소리가 들렸다. 강도가 말을 타고 가는 소리였다. 대자는 강도가 그냥 지나가도록 놓아두며 생각했다.

'저런 사람은 붙잡고 얘기를 해도 이해를 못하겠지.'

처음에는 그렇게 생각했으나 잠시 후 생각을 고쳐먹고 길쪽으로 나갔다. 강도는 어두운 표정으로 땅을 내려다보며 말을 타고 가고 있었다. 대자는 그를 잠시 바라보다 불쌍하다는 생각이 들어 그쪽을 향해 달려갔다. 그리고 그의 무릎을 붙들고 말했다.

"여보게, 자신의 영혼을 불쌍히 여기게! 네 안에도 신의 영혼이 있어. 너는 자신을 괴롭히고 남에게도 고통을 주고 있어. 그러면 너의 고통이 더 심해질 뿐이야. 하지만 신께서는 너를 매우 사랑하셔서 너를 위해 얼마나 많은 행복을 마련하고 계신지! 여보게, 자신을 파멸시키지 말아! 자신의 삶을 변화시키란 말이야!"

강도는 얼굴을 찌푸리고 옆으로 돌리며 말했다.

"나를 내버려 두란 말이야."

대자는 한층 더 강하게 강도의 무릎을 감싸 안고 눈물을 흘리기 시작했다. 강도는 눈을 들어 대자를 보았다. 줄곧 보다가 그는 말에서 내렸다. 그리고 대자 앞에 무릎을 꿇었다.

"노인장, 당신이 이겼소. 이십 년간 나는 당신과 싸웠소. 당신이 나를 이겼어. 나는 이제 나 자신을 다스릴 힘이 없소.

당신이 원하는 대로 하시오."

계속해서 그는 말을 이었다.

"당신이 맨 처음 나를 설득했을 때, 나는 울화가 더 심하게 치밀어 오르기만 했소. 그러다 당신이 사람들을 피해 떠날 때 그들에게서 아무것도 필요로 하지 않는다는 것을 알게 되자 비로소 당신이 한 말에 대해 생각하기 시작했소."

이 말에 대자는 농가의 아주머니가 행주를 물에 빨아서 닦았을 때에야 식탁이 전부 깨끗이 닦였던 일이 떠올랐다. 그가 자기 자신에 대해 염려하기를 그치자 마음이 깨끗하게 되었고 다른 이의 마음도 깨끗하게 만들었던 것이다. 강도가 말을 이었다.

"내 마음이 돌아선 것은 바로 당신이 죽음을 두려워하지 않았을 때였소."

그러자 대자는 바퀴 테를 만드는 사람들이 바퀴 테를 구부릴 수 있었던 것은 바로 받침목이 단단히 고정되었을 때였다는 사실을 떠올렸다. 즉, 그가 죽음을 두려워하기를 그치니 자신의 삶이 신 안에서 단단하게 고정되었고 반항적이던 마음도 정복되었던 것이다. 강도는 계속 이야기했다.

"내 마음이 완전히 녹아버린 때는 바로 당신이 나를 가엾게 여겨 내 앞에서 울기 시작했을 때였소."

대자는 기뻤다. 그는 숯덩이들이 있는 곳으로 강도를 데리고 갔다. 그들이 가까이 가 보았더니 마지막 숯덩이에서도 사과나무 싹이 자라나 있었다. 그러자 대자는 큰 불이 훨훨 타오르고 나서야 비로소 가축을 치는 이들의 젖은 나무에도 불이 타오르기 시작했던 일을 떠올렸다. 그의 마음이 타오르기 시작함으로써 다른 사람의 마음도 타오르게 했던 것이다.

이로써 대자는 비로소 죄를 갚았다는 사실에 기쁨을 느꼈다. 그는 이런 이야기를 강도에게 전부 들려준 후 숨을 거두었다. 강도는 그의 장례를 치르고 나서 대자가 그에게 당부한 대로 살아가며 사람들에게도 그렇게 가르치기 시작했다.

사람은 무엇으로 사는가?

여행을 떠나는 톨스토이

히가시노 게이고의 원작 소설로서 영화로도 큰 성공을 거둔 《나미야 잡화점의 기적》을 보면 잡화점(우리나라로 보면 문구점) 주인아저씨는 어린 학생들이 우편함에 넣어둔 고민 상담 편지에 꼬박꼬박 답장을 해줍니다. 어른들 대부분이 그렇듯 아이들의 치기 어린 투정이나 배부른 불만이라고 무시할 수도 있었고, 장난스런 답변으로 기를 죽일 수도 있었지만 아저씨는 아이들의 입장에서 아이들의 미래까지도 걱정하며 성심성의껏 자신의 생각을 적습니다. 생전 처음으로 부모가 아닌 어른이 자기의 고민에 귀 기울여 주고, 진심 어린 조언을 듬뿍 담아 보내 준 답장을 보며 아이들의 마음은 어땠을까요? 그렇게 또래 아이들의 일반적인 고민은 물론, 예상을 뛰어 넘는 황당한 질문에도 정성껏 편지를 쓰는 아저씨의 모습에서 천사를 보았다면 과장된 걸까요?

뉴스에서 매일 보고 듣는 전 세계 소방관, 119 구조대원, 경찰들의 희생과 순직, 자동차 밑에 깔리거나 강도를 당한 사람을 서슴없이 구해내는 이름 모를 시민 영웅들, 수십 년 동안 아무도 모르게 불우 이웃을 도와준 숨은 기부자들. 너무나 많아서 다 열거할 수는 없지만 얼굴도 몰랐던 이웃을 위해 묵묵히 헌신하며 살아가는 선한 의인들. 이들이야말로 척박한 세상을 지켜온 진정한 수호천사들이 아닐런지요. 그리고 그들의 희생과 사랑이 없었다면 이 세상은 얼마나 어두웠을지 상상조차 할 수 없습니다.

소돔과 고모라 이후 세상이 아직도 존재하는 이유는 가난하지만 마음이 따뜻한 서민들의 그런 사랑이 있었기에 가능했을 것입니다.

앞에 실린 여섯 작품이 다소 부정적이고 인간의 욕심이나 탐욕, 그릇된 본성을 이야기 했다면 〈사람은 무엇으로 사는가?〉는 인간이 본래 갖고 있는 선한 마음, 즉 사람은 누구나 타인에 대한 사랑을 품고 살며 언제든 그것을 베풀 수 있다는, 평범하면서도 흐뭇한 메시지를 전달하고 있습니다.

이 글을 읽은 후, 주위를 둘러보면 옆에 있는 가까운 지인들이 실은 이제껏 나를 지켜준 수호천사였음을 느끼게 될 겁니다. 그리고 우리 마음 속 깊숙이 가라앉아 있는 '사랑!'이라는 단어. 이 말이 세상만사 모든 것의 정답이라고 톨스토이는 되뇌어 말하고 있습니다.

우리는 형제들을 사랑하기 때문에 우리가 이미 죽음에서 생명으로 건너갔다는 것을 압니다. 사랑하지 않는 자는 죽음 안에 그대로 머물러 있습니다. - 〈요한의 첫째 서간〉 3장 14절

누구든지 세상 재물을 가지고 있으면서도 자기 형제가 궁핍한 것을 보고 그에게 마음을 닫아 버리면, 하느님 사랑이 어떻게 그 사람 안에 머무를 수 있겠습니까? - 3장 17절

자녀 여러분, 말과 혀로 사랑하지 말고 행동으로 진리 안에서 사랑합시다. - 3장 18절

사랑은 하느님에게서 오는 것이기 때문입니다. 사랑하는 이는 모두 하느님에게서 태어났으며 하느님을 압니다. - 4장 7절

사랑하지 않는 사람은 하느님을 알지 못합니다. 하느님은 사랑이시기 때문입니다. - 4장 8절

지금까지 하느님을 본 사람은 없습니다. 그러나 우리가 서로 사랑하면, 하느님께서 우리 안에 머무르십니다. - 4장 12절

하느님은 사랑이십니다. 사랑 안에 머무르는 사람은 하느님 안에 머무르고 하느님께서도 그 사람 안에 머무르십니다. - 4장 16절

누가 "나는 하느님을 사랑한다" 하면서 자기 형제를 미워하면, 그는 거짓말쟁이입니다. 눈에 보이는 자기 형제를 사랑하지 않

는 사람이 보이지 않는 하느님을 사랑할 수는 없습니다. - 4장 20절

I

구두장이가 아내와 아이들을 데리고 농사꾼의 집에 세 들어 살고 있었다. 그는 자기 소유의 집과 땅이 없었기 때문에 구두를 만들거나 수선하는 일을 해서 가족들을 먹여 살렸다. 식량은 비싼 반면, 품삯은 헐했기 때문에 버는 돈은 모두 먹는 데 썼다. 구두장이에게는 아내와 함께 필요할 때마다 서로 돌려 입는 단벌 외투가 있었는데 그것이 이제는 거의 낡아 누더기가 될 지경이었다. 그래서 이듬해에는 새 외투용 양털을 살 수 있도록 준비를 하고 있었다.

가을이 될 무렵에 구두장이에게 돈이 모였다. 아내의 궤짝 속에 3루블이 들어 있었고 마을 농부들에게서 받을 돈이 5루블 20코페이카 더 있었다. 아침부터 구두장이는 외투 장만을 위해 마을로 갈 채비를 했다. 구두장이는 셔츠 위에 무명 솜을 넣어 만든 아내의 웃옷을 입고 그 위에 나사로 된 긴 외투를 걸쳐 입었다. 그리고 호주머니에 3루블을 챙겨 넣고 나뭇가지를 꺾어 지팡이를 만든 후 아침 식사를 하고 길을 떠났

다. 그는 길을 가며 생각했다.

'농부들에게서 5루블을 받고 내가 가진 3루블을 더해 외투를 만들 양털 가죽을 사야지.'

구두장이는 마을에 도착해 한 농부의 집에 들렀지만 그는 집에 없었다. 그의 아내가 이번 주 안으로 남편을 통해 돈을 보내겠노라고 약속을 했을 뿐 돈을 주지는 않았다. 다른 농부의 집에 들렀더니 하늘에 맹세코 돈이 없다고 단호하게 말하면서 장화 수선비 20코페이카만 주었을 뿐이었다. 할 수 없이 구두장이는 양모피를 외상으로 사려고 했지만 모피 장수는 단번에 거절했다.

"돈을 가지고 와서 마음에 드는 양털을 아무거나 골라 가요. 외상값을 받는다는 게 얼마나 어려운지 잘 알거든요."

이렇게 해서 구두장이는 아무런 성과도 없이 장화 수선의 대가로 달랑 20코페이카만 받고, 한 농부에게 낡은 장화에 가죽을 덧대어 수선해 달라는 주문만 맡았을 뿐이었다.

구두장이는 신세 한탄을 하면서 20코페이카를 몽땅 술로 날려버리고는 외투도 마련하지 못한 채 집으로 향했다. 그는 아침부터 계속 춥다고 느꼈으나 술을 한 잔 마시고 나서는 외투가 없어도 몸이 훈훈했다. 구두장이는 계속 걸어갔다. 한 손에 든 지팡이로 얼어붙은 땅바닥을 두드리며 또 다른 손으로는 펠트 장화를 흔들어대며 혼자 중얼거렸다.

"양털 외투 따위 없어도 나는 따뜻하다고. 보드카를 한 잔 마셨거든. 보드카가 핏 속에서 온통 요동을 치는구나. 그러니 모피 외투가 필요 없지. 괴로움 따위 다 잊고 걸어가잖아. 난 이런 사람이라고! 내가 어때서? 나는 외투 없어도 살아갈 수 있단 말이야. 평생 동안 필요 없어. 다만 한 가지, 마누라 잔소리 들을 일이 걱정이군. 그래, 맞아. 나도 속상해. 나는 그 인간을 위해서 일을 해줬는데 그 작자는 나를 가지고 놀았어. 두고 보자! 이제 돈을 주지 않으면 내가 그 인간 모자를 벗기고 말거야. 암, 그러고말고. 도대체 이게 말이 되냐고? 달랑 20코페이카를 주다니! 20코페이카로 뭘 하라는 거야? 술 한 잔 값밖에 안 된다고! 네가 형편이 어렵다고 말했겠다. 네 형편만 어렵고 나는 뭐, 안 어려운 줄 알아? 너한테는 집도 있고 가축도 있고 있을 게 다 있잖아. 나는 몸뚱이뿐이라고. 너는 네 곡식이 있지만 나는 사 먹는다고. 일주일 동안 먹는 빵 값만 해도 최소한 3루블은 들어. 집에 가면 빵이 떨어졌을 테니 빵 값으로 1루블 반을 또 내놓아야 한다고! 그러니까 내 돈을 내놓으란 말이야!"

그렇게 중얼거리며 구두장이가 길모퉁이에 있는 작은 예배당 건물 근처로 다가갔을 때 바로 뒤편에 뭔가 희끄무레한 것이 보였다. 날은 이미 어두워지고 있었다. 구두장이는 유심히 살펴보았지만 그것이 뭔지 도통 알 수가 없었다.

"돌인가? 그런데 여기에 저런 돌은 없었는데. 짐승인가? 짐승 같지도 않은데……. 머리는 사람 같은데 왠지 너무 하얀데……. 그렇다 쳐도 사람이 어째서 저기에 있담?"

더 가까이 다가가니 선명하게 보이기 시작했다. 세상에! 이게 무슨 일인가, 그것은 분명히 사람이었다. 살았는지 죽었는지 모르겠지만 벌거벗은 채 예배당 벽에 기대어 꼼짝도 않고 앉아 있었다. 구두장이는 더럭 겁이 났다. 그는 생각했다.

'누군가 사람을 죽이고 옷을 벗긴 다음 저기에 던져 버렸나 보다. 가까이 갔다가는 무슨 변을 당할지 몰라.'

구두장이는 그 옆을 지나쳐 걸었다. 예배당을 우회하여 지나가자 그 사람은 더 이상 보이지 않았다. 지나친 뒤에 그가 예배당 너머를 돌아봤더니 그 사람이 예배당으로부터 몸을 비켜서 마치 그를 눈여겨보기라도 하는 것처럼 몸을 움직이는 것이 보였다. 구두장이는 한층 더 공포에 질려서 생각했다.

'가까이 가볼까 아니면 지나가 버릴까? 가까이 갔다가 괜히 안 좋은 일이라도 일어나면 어떡해. 어떤 사람인지 누가 알겠어? 좋은 일로 여기 오게 된 건 아닐 거야. 가까이 다가 갔다가 저 사람이 벌떡 일어나서 내 목을 조르기라도 하면 달아날 수도 없겠지. 목이 졸리지는 않는다 해도 틀림없이 저 사람의 일에 말려들게 될 거야. 저 사람을, 저 벌거숭이를 어찌해야 하나? 내 옷을 벗어줄 수도 없어. 마지막 남은 옷을 줄 수야 없지. 하느님, 저 좀 살려주세요!'

그러면서 그는 걸음을 빨리 했다. 이미 예배당 건물을 지나갔지만, 그는 양심의 가책을 느끼기 시작했다. 그래서 구두장이는 길 위에 멈춰 서서 자신에게 말했다.

'시몬, 너 도대체 뭐 하고 있는 거냐? 사람이 곤경에 빠져 죽어 가는데 너는 겁을 집어먹고 슬쩍 지나가고 있구나. 돈이 너무 많아서 그래? 네 재산을 강도질 당할까봐 겁이 나? 이봐 시몬, 이건 나쁜 일이야.'

그는 발길을 돌려 그 사람에게 갔다.

II

시몬이 남자 쪽으로 다가가 자세히 살펴보았다. 그는 젊고 몸이 멀쩡했으며 얻어맞은 흔적도 없었다. 단지 추위에 꽁꽁 얼고 몹시 놀란 것 같아 보일 뿐이었다. 그는 벽에 비스듬히 기대앉아 시몬을 쳐다보지도 않았다. 너무 기운이 없어서 눈을 뜰 수조차 없는 것처럼 보였다. 시몬이 바짝 다가가자 그는 갑자기 정신이 든 것처럼 머리를 돌려 눈을 뜨고 시몬을 바라보았다. 시몬은 남자의 그 눈빛이 마음에 들었다. 그는 펠트 장화를 땅바닥에 던진 후 허리띠를 풀어 장화 위에 올려놓고 웃옷을 벗었다.

"이야기는 나중에 하자고! 뭐라도 입어야지! 어서!"

시몬은 그 사람의 양 팔을 부축해서 일으켜 세웠다. 남자가 일어섰다. 시몬이 보기에 남자의 몸은 호리호리하고 깨끗했으며, 손발에 상처는 없었고, 얼굴은 귀염성 있어 보였다. 시몬이 웃옷을 그의 어깨에 걸쳐 주었지만 팔이 소매 속으로 잘 들어가지 않았다. 시몬이 그의 양 손을 웃소매에 끼워 넣고 잡아당겨 입힌 다음 웃옷의 앞섶 자락을 여미고 허리띠를 매 주었다. 시몬은 낡고 헤진 자신의 모자를 벗어 그 벌거숭이 사내에게 씌워 주려다가 머리에 한기가 느껴지자 다시 모자를 썼다.

'나는 완전히 대머리지만 저 사람은 길고 곱슬곱슬한 머리

털이 있잖아. 저 친구에게는 신발을 주는 것이 더 낫겠어.'

그는 남자를 앉힌 후 펠트 장화를 신겨 주며 말했다.

"이봐 친구, 몸을 움직여서 근육을 풀어봐. 몸이 좀 따뜻해지도록. 뒷일은 걱정하지 말자구. 잘 해결될 거야. 걸을 수 있겠어?"

남자는 일어나서 부드러운 표정으로 시몬을 바라보았다. 하지만 말은 한마디도 하지 않았다.

"왜 말이 없어? 집에 가야지. 여기서 겨울을 날 순 없잖아. 자, 힘들면 여기 내 지팡이를 짚고 기운 좀 내봐!"

그러자 그는 걷기 시작했다. 남자는 뒤처지지 않고 가볍게 따라왔다. 길을 걸으며 시몬이 물었다.

"어디서 왔나?"

"나는 이곳 사람이 아닙니다."

"이곳 사람이라면 내가 다 알지. 말하자면 어떻게 여기 예배당 앞에 있게 됐냐고?"

"그건 말할 수 없습니다."

"사람들이 해를 끼친 거지?"

"아무도 저한테 해를 끼치지 않았습니다. 하느님께서 저를 벌하신 겁니다."

"물론 말할 것도 없이 모두 하느님이 하시는 일이지. 그렇다 해도 어디 몸 둘 곳은 필요하잖아. 어디로 갈 텐가?"

"저는 어디든 상관없습니다."

시몬은 적잖게 놀랐다. 건달 같아 보이지도 않고 말도 얌전하게 하는 사람이 어째서인지 자신에 관해서는 한마디도 하지 않았다. 하지만 시몬은 그냥 '뭐, 사정이 있겠지'라고 생각하며 젊은이에게 말했다.

"그렇다면 말이지 우리 집으로 가자고! 잠시라도 몸을 녹여야지."

시몬이 걸어가자 낯선 남자도 그와 나란히 서서 뒤처지지 않게 걸었다. 바람이 불면서 시몬의 속옷 안까지 추위가 속속들이 스며들었다. 시몬은 술기운이 차츰 떨어지면서 꽁꽁 얼어붙을 듯 추위를 느꼈다. 그는 아내의 재킷을 바짝 여민 뒤, 콧물을 훌쩍이며 생각했다.

'아, 그래. 양털 외투! 외투 때문에 왔었지. 그런데 웃옷도 없이 벌거숭이 사내까지 데리고 가다니. 마트료나가 펄쩍 뛰겠군!'

시몬은 마트료나를 떠올리자 울적한 기분이 들었다. 하지만 그 낯선 남자가 예배당 뒤에서 자신을 바라보던 장면을 떠올리자 기분이 좋아졌다.

Ⅲ

시몬의 아내는 일찌감치 집안일을 다 해치웠다. 장작을 패고 물을 길어다 놓고 아이들에게 저녁을 먹이고 자신도 간단히 요기를 한 후, 그녀는 생각에 잠겼다.

'언제 빵을 구울까, 오늘? 아니면 내일? 큰 덩어리의 빵이 하나 남아있는데…… 만약에 시몬이 거기서 점심을 먹었다면 저녁은 많이 먹지 않겠지. 그러면 내일까지 빵은 충분할 거야.'

마트료나는 빵을 만지작거리며 생각했다.

'그래, 오늘은 빵을 굽지 말자. 밀가루도 다 합쳐봐야 한 번 구울 만큼밖에 남지 않았어. 금요일까지 버텨야겠다.'

마트료나는 빵을 치워놓고 남편의 속옷에 헝겊을 덧대어 꿰매려고 창가에 앉았다. 바느질을 하면서 마트료나는 남편이 외투를 만들 양털 가죽을 사올 것이라는 데에 생각이 미쳤다.

'양털 장수가 그이를 속이지나 않으면 좋겠는데…… 그이는 사람이 너무 어수룩해. 남을 속일 줄은 모르면서 자신은 어린애한테도 속아 넘어가는 사람이라니까……. 8루블이 적은 돈은 아니지. 좋은 털외투를 만들 수 있을 거야. 비록 최고급 양털은 아니지만 그래도 양털 외투잖아. 작년 겨울에는 외투가 없어서 얼마나 고생을 했는지! 강가도 그렇고 아무데도 못 갔지. 남편이 밖에 나갈 때마다 집에 있는 옷을 다 입고 나가서 내가 입고 나갈 게 없잖아. 이 사람이 늦네. 돌아올 때가 된 것 같은데. 참말로 이 양반이 어디서 술타령이나 하고 있는 거 아니야?'

마트료나가 이런 생각을 하고 있는데 현관 계단에서 삐걱거리는 소리가 나더니 누군가 들어왔다. 마트료나가 바늘을 꽂아놓고 출입구 쪽으로 나가보았다. 시몬과 함께 모자도 없이 펠트 장화만 신은 남자 한 명이 들어오는 게 보였다. 마트료나는 남편에게서 술 냄새가 확 풍기는 것을 느꼈다.

'세상에! 정말 술타령하고 왔나봐!'

남편이 웃옷도 없이 여자용 재킷만 달랑 입고 손에 아무것도 들지 않은 채 말없이 쭈뼛거리는 모습을 보자 마트료나는 가슴이 찢기는 듯했다.

'누군지 알지도 못하는 인간이랑 술 먹고 노닥거리다 돈을 다 쓰고 그것도 모자라서 집으로 끌고 들어왔구나.'

마트료나는 그들을 집 안으로 들여보낸 뒤 자신도 뒤따라 들어오면서 그 낯선 남자가 젊고 여위었으며 자기들의 웃옷을 걸치고 있는 것을 보았다. 웃옷 속에 속옷도 입지 않았고 모자도 없었다. 그 남자는 집안으로 들어오자 꼼짝도 않고 고개를 숙인 채 그 자리에 그대로 서 있었다. 그래서 마트료나는 '좋은 사람이 아니야. 겁을 내고 있잖아'라고 생각했다. 마트료나는 눈살을 찌푸리며 벽난로가 있는 쪽으로 물러나서 두 사람이 어떻게 하는지 지켜보았다. 시몬은 모자를 벗고 태연하게 의자에 걸터앉았다.

"이봐요, 마트료나. 저녁 식사 좀 준비하지 그래!"

마트료나는 혼잣말로 뭔가를 투덜거렸다. 그녀는 벽난로 옆에 서서 꼼짝도 하지 않고 두 사람을 번갈아 바라보며 고개를 절레절레 젓기만 했다. 아내의 기분이 좋지 않아 보였지만 시몬은 달리 어떻게 할 수가 없었다. 그는 짐짓 모르는 척하며 낯선 남자의 손을 잡아끌었다.

"앉아요, 친구. 저녁 식사 합시다."

낯선 남자는 의자에 앉았다.

"여보, 저녁 준비한 거 좀 없어?"

마트료나는 화가 벌컥 치밀었다.

"음식이야 만들었죠. 하지만 당신한테 줄 건 없어요. 보아하니 당신은 술 마시느라고 정신까지 어디다 팔아버린 모양이네요. 외투를 장만하겠다고 나간 사람이 웃옷도 없이 돌아오지를 않나, 그것도 모자라서 누군지도 모를 벌거숭이 부랑자를 데리고 들어오지를 않나. 당신들 같은 주정뱅이들에게 줄 저녁 따위는 없다고요."

"마트료나, 왜 그렇게 함부로 떠드는 거야! 먼저 이 사람이 누군지 물어 보는 게 순서잖아!"

"당신, 말해 봐요. 대체 돈을 어디에 쓴 거예요?"

시몬은 웃옷 주머니에 손을 넣어 지폐를 꺼내 펼쳐 보였다.

"돈 여기 있어. 트리포노프는 안 주더군. 내일 준다고 약속은 하더라고."

마트료나는 한층 더 부아가 치밀었다. 외투는 사오지도 않고 하나 남은 웃옷을 벌거숭이 인간에게 입혀서는 자기 집까지 데리고 오다니. 마트료나는 식탁 위에 놓인 돈을 낚아채 다른 곳에 치워 놓으며 말했다.

"저녁 식사는 없어요. 벌거숭이 주정뱅이들을 먹여줄 수는 없죠."

"아이고, 마트료나! 말 좀 함부로 하지 마. 내 얘기부터 먼저 들어보라고!"

"술 취한 얼간이들의 잘나빠진 얘기는 충분히 들었어요. 당신 같은 술꾼한테 시집오기 싫었던 것도 다 이유가 있었네. 시집올 때 엄마가 나한테 해준 옷감들을 당신이 전부 술 마셔서 날려 버렸지. 이제 와서는 외투 사러 간다고 나가서는 술이나 퍼마시고 들어오고!"

시몬은 아내에게 그가 술을 마신 돈은 고작 20코페이카에 불과하다는 것과 이 남자를 어디서 어떻게 알게 되었는지 설명하려고 했다. 하지만 마트료나는 도통 그에게 말할 틈을 주지 않았다. 어디서 그런 말이 나오는지 한꺼번에 두 마디씩 쉴 틈 없이 내뱉었다. 심지어 십 년 전에 일어났던 일까지 낱낱이 기억해가며 떠들어댔다. 쉴 새 없이 말을 쏟아내던 마트료나는 시몬에게 와락 덤벼들어 소맷자락을 움켜쥐었다.

"내 옷 이리 내놔. 달랑 하나 남은 내 옷을 당신이 빼앗아 입었잖아. 이리 내놓으라고, 이 못난 인간아. 망나니한테나 잡혀가라!"

시몬이 아내의 재킷을 벗기 시작했는데 그만 옷소매가 뒤집어졌다. 아내가 홱 잡아당기자 실밥이 뜯어지는 소리가 났다. 마트료나는 옷을 잡아챈 후 머리 위에 뒤집어쓰고는 밖으로 나가려고 문고리를 잡았다. 집 밖으로 나가려던 마트료나는 문득 멈춰 섰다. 그녀의 마음속에 이런 생각이 떠올랐던 것이다.

'화를 더 내고도 싶지만 도대체 저 사람이 누군지 알고 싶기도 하군.'

IV

마트료나는 멈춰선 채 말했다.

"좋은 사람이라면 벌거숭이로 있을 리가 없잖아요. 그런데 저 사람은 속옷조차 안 입었네요. 좋은 일이라면 저런 사람을 어떻게 해서 집에 데려오게 됐는지 당신이 말을 했겠죠."

"맞아, 지금 당신한테 그 얘기를 하려던 참이야. 내가 집에 오는데 저 친구가 옷을 벗은 채 예배당 앞에서 완전히 꽁꽁 언 채 앉아 있더라고. 여름철도 아닌데 알몸으로 말이야. 하느님께서 나를 이 사람에게 인도하신 거지. 안 그랬으면 이 사람은 죽었을 거야. 그러니 내가 어떻게 하겠어? 무슨 일이 일어났는지도 모르잖아. 그래서 이 사람을 일으켜 세우고 옷을 입혀서 이리로 데려왔어. 너무 화내지 마, 마트료나. 죄

짓는 거야. 우리도 언젠가는 죽게 될 거잖아."

마트료나는 욕을 하려고 했으나 그 낯선 이를 바라보고는 입을 다물고 말았다. 그는 의자 한쪽 끝에 미동도 하지 않고 앉아 있었다. 두 손을 무릎 위에 모으고 머리를 가슴께에 푹 수그린 채, 눈도 뜨지 않고 잔뜩 찡그린 얼굴을 하고 있었다. 마치 누가 목을 졸라 숨을 쉬지 못하게 하는 것처럼 보였다. 마트료나는 입을 다문 채 아무 말도 하지 않았다. 시몬이 말했다.

"마트료나, 정말 당신 안에는 하느님이 안 계신거야?"

마트료나는 이 말을 듣고 낯선 이를 다시 한번 물끄러미 바라보자 갑자기 화가 누그러졌다. 그녀는 문에서 물러나와 구석진 곳에 있는 화덕으로 다가가서 저녁 준비를 하기 시작했다. 컵을 식탁 위에 올려놓고 크바스(보리와 엿기름을 발효시켜 만든 음료 – 역주)를 따른 후에 마지막 남은 빵 덩어리를 내놓았다. 그리고 나이프와 숟가락을 차려놓았다.

"한술 뜨셔요." 마트료나가 말했다.

시몬이 그 낯선 이를 식탁으로 끌고 오며 말했다.

"이봐, 젊은이. 이리로 오게."

시몬이 빵을 떼어 잘게 자른 다음 함께 식사를 시작했다.

마트료나는 식탁 한쪽 모서리에 앉아 손을 턱에 괴고 젊은 이를 바라보았다. 마트료나는 낯선 이가 측은하게 여겨지면서 그에게 호감을 느꼈다. 순간, 젊은 남자의 얼굴이 밝아지더니 찌푸린 얼굴을 펴고 눈을 들어 마트료나를 향해 빙그레 미소를 지었다.

식사가 끝나자 아내가 식탁을 정리하며 낯선 이에게 묻기 시작했다.

"어디서 왔나요?"

"저는 이곳 사람이 아닙니다."

"어쩌다 길 위에 나앉게 된 건가요?"

"그건 말할 수 없습니다."

"누가 당신 옷을 뺏어 갔나요?"

"하느님께서 저를 벌하신 겁니다."

"그래서 벌거벗은 채 쓰러져 있었던 거예요?"

"네. 그래서 알몸으로 얼어 죽어가고 있었던 거죠. 시몬께서 저를 발견하고 불쌍히 여겨 자신의 웃옷을 벗어 입혀 주었습니다. 그리고 이리로 오자고 하셨지요. 여기에 오니 아주머님께서 저에게 먹을 것과 마실 것을 주고 가엾게 여겨 주셨습니다. 하느님께서 두 분을 구원해 주실 겁니다!"

마트료나는 일어났다. 그녀는 조금 전에 바느질 하다 창가에 두었던 시몬의 낡은 속옷을 낯선 남자에게 건네주었고 남자용 바지도 한 벌 가져다주었다.

"보아하니 속옷도 안 입은 것 같네요. 이걸 입고 벽난로 위나 어디나 마음 내키는 곳에서 자도록 하세요."

낯선 남자는 웃옷을 벗고 속옷과 바지를 입고 벽난로 근처에 누웠다. 마트료나는 긴 웃옷 자락을 덮고 누웠지만 잠은 오지 않고 낯선 사람에 대한 생각이 줄곧 머리에서 떠나지 않았다. 그 사람이 마지막 남은 빵을 다 먹어버려 내일 아침에 먹을 빵이 없다는 사실과 그에게 속옷과 바지를 준 것을 떠올리자 그녀는 울적해졌다. 그러나 그 사람의 미소를 생각하면 마음이 따뜻해졌다. 마트료나는 오랫동안 잠을 이루지 못했다. 시몬 또한 잠들지 못하고 기다란 웃옷 자락을 자기 쪽으로 잡아당겼다.

"시몬!"

"응!"

"마지막 남은 빵을 다 먹어버렸는데 빵을 새로 구울 준비를 못 했어요. 내일은 어떻게 해야 할지 모르겠어요. 말라니야 대모님께 사정을 해봐야겠어요."

"산 입에 거미줄이야 치겠어?"

아내는 누워서 잠시 아무 말도 하지 않았다.

"사람은 좋아 보이던데, 자기에 대한 얘기를 안 하는 게 이상하네요."

"말 못 할 사정이 있나보지."

"시몬!"

"응!"

"우리는 남을 도와주는데 왜 우리를 도와주는 사람은 없는 걸까요?"

시몬은 뭐라고 대답해야 할지 알 수가 없었다. 그는 "그만하지"라고 말하고는 돌아누워 잠들어 버렸다.

V

다음 날 아침 시몬이 잠에서 깨어났다. 아이들은 자고 있었고, 아내는 이웃집에 빵을 꾸러 가고 없었다. 어제 온 낯선이는 헌 바지와 낡은 상의를 입고 의자에 앉아 천정을 바라보고 있었다. 전날에 비해 그의 안색은 훨씬 밝아 보였다. 시몬이 말했다.

"이봐, 젊은 친구. 배는 빵을 달라 하고, 벗은 몸뚱이는 옷을 달라 하지. 먹고 살아야 되잖아. 할 줄 아는 게 뭐가 있나?"

"저는 할 수 있는 게 없습니다."

시몬은 놀라며 말을 이었다.

"의욕만 있으면 돼. 누구라도 일을 배울 수는 있어."

"다들 일을 하니 저도 하겠습니다."

"자네 이름이 뭔가?"

"미하일입니다."

"음, 미하일라(미하일의 사투리식 호칭 – 역주). 자신에 대해 얘기하기를 원치 않으면 그건 마음대로 해. 하지만 밥벌이는 해야지. 시키는 대로 일을 하기만 하면, 밥은 먹여줄게."

"감사합니다. 일을 배우겠습니다. 뭘 해야 하는지 말씀만 해 주십시오."

시몬은 실을 집어 들어 손가락에 꼬아서 매듭을 만들기 시작했다.

"어려운 일은 아니야. 자, 보라고……."

미하일은 잠시 시몬을 보더니 똑같이 손가락에 실을 감고 시몬을 흉내 내어 매듭을 만들었다. 시몬은 그에게 재료를 준비하는 방법을 가르쳤다. 미하일은 그것도 단숨에 이해

했다. 시몬이 그에게 빳빳한 실을 바늘에 꿰어 구두를 꿰매
는 방법을 보여주자 미하일은 그것도 마찬가지로 단숨에 습
득했다. 시몬이 무슨 일을 가르치든 미하일은 단숨에 전부
깨우쳤다. 그래서 사흘째에는 마치 오랫동안 구두를 만들어
왔던 사람처럼 일을 하기 시작했다. 그는 허리 한 번 펴는 일
없이 일했고 적게 먹었다. 일을 멈추지 않고 다음 일을 계속
하면서 잠깐씩 쉴 때는 말없이 천장을 바라보았다. 그는 거
리에 나가지도 않았고 불필요한 말도 하지 않았으며 농담도
하지 않았고 웃지도 않았다. 그의 웃는 모습을 본 것은 안주
인이 저녁 식사를 차려 주었던 첫날 저녁 단 한 번뿐이었다.

VI

하루가 가고 일주일이 가고 한 해가 흘렀다. 미하일은 여
전히 시몬의 집에 기거하며 일했다. 그러는 사이 시몬의 구
둣가게 일꾼보다 깔끔하고 튼튼하게 구두를 만드는 사람은
없다는 소문이 퍼져 나갔다. 그래서 인근에서는 말을 타고
시몬에게 장화를 주문하러 오는 사람도 생겨나게 되어 시몬
의 재산도 차츰 늘어나기 시작했다.

어느 겨울날 시몬과 미하일이 일을 하고 있는데 난데없

이 방울 소리를 울리며 말 세 마리가 *끄*는 지붕 없는 마차 한 대가 오두막 가까이 달려왔다. 창문을 통해 내다보니 오두막 맞은편에 마차가 멈춰 서고 마부석에서 젊은 남자 한 명이 뛰어 나와 마차의 문을 열었다. 그러자 마차 안에서 모피 외투를 입은 신사가 내렸다. 그는 시몬의 집을 향해 걸어오더니 현관 계단으로 들어섰다. 마트료나가 뛰어나가 문을 활짝 열었다. 신사는 상체를 굽혀 오두막 안으로 들어섰다. 몸을 똑바로 펴니 머리가 거의 천장에 닿을 듯했고 몸집이 커서 방 한 구석을 전부 가렸다.

시몬은 일어나서 절을 하고는 놀란 눈으로 신사를 바라보았다. 시몬은 그렇게 생긴 사람을 한 번도 본 적이 없었다. 시몬도 몸이 마른 편이고 미하일도 여윈 편이었으며 마트료나 역시 나뭇가지처럼 비쩍 말랐는데 이 사람은 흡사 다른 세계에서 온 것 같았다. 낯짝은 붉고 기름기가 번들번들 했으며 목은 황소 같아서 무쇠로 된 사람처럼 튼튼해 보였다. 그는 거칠게 숨을 헐떡거리며 털외투를 벗고 의자에 걸터앉았다.

"누가 구둣방 주인이냐?"

시몬이 앞으로 나서며 말했다.

"접니다요, 나리."

신사는 자기의 젊은 하인을 향해 소리를 빽 질렀다.

"이봐, 페지카. 가죽 좀 이리 가져와라."

하인이 보따리를 가지고 달려 들어왔다. 신사는 보따리를 집어 탁자 위에 올려놓았다.

"풀어라."

하인이 보따리를 풀었다. 신사는 제화용 가죽을 손가락으로 가리키며 시몬에게 말했다.

"잘 들어라, 구둣방 주인아. 저 가죽이 보이냐?"

"보입니다, 나리."

"그래. 이게 어떤 가죽인지 알겠나, 모르겠나?"

시몬은 가죽을 만져보고 대답했다.

"좋은 가죽입니다."

"진짜 좋은 가죽이지! 너 같은 얼간이는 저런 가죽을 아직 한 번도 본 적이 없을 거다. 독일제 가죽인데 20루블이나 줬다고."

시몬은 겁이 나서 말했다.

"제가 어디서 이런 걸 구경이나 했겠습니까?"

"그래, 바로 그거다. 너, 이 가죽으로 내 발에 맞는 장화를 만들 수 있겠나?"

"할 수 있습니다, 나리."

신사가 그를 향해 소리를 꽥 질렀다.

" '할 수 있습니다'라고 대답을 했겠다? 너 잘 기억해라. 네가 누구의 구두를 만드는 것인지, 그리고 어떤 가죽으로 만드는 것인지를. 일 년간 신을 수 있는 질기고 오래 가는 신발, 틀어지지 않고 실밥이 뜯어지지도 않는 그런 장화를 만들어라. 네가 할 수 있다면 손을 대고 가죽을 잘라도 된다. 못 하겠다면 손도 대지 말고 가죽을 자르지도 마라. 내가 너에게 미리 말해두는데 장화가 일 년이 되기 전에 실밥이 터지거나 틀어지면 너를 감옥에 처넣겠다. 만일 일 년이 넘도록 틀어지지 않고 실밥이 터지지 않는다면 수고비로 10루블을 주겠다."

시몬은 겁이 나서 뭐라고 대답해야할지 알 수가 없었다. 그는 미하일을 돌아보고 팔꿈치로 쿡 찌르며 속삭였다.

"이봐. 이 일을 맡아야 돼, 말아야 돼?"

미하일은 '일을 맡으세요'라는 뜻으로 머리를 끄덕였다. 시몬은 미하일의 뜻을 받아들여 일 년 동안 신어도 실밥이 뜯어지지 않고 모양이 틀어지지 않을 구두 제작의 주문을 받아들였다. 신사는 하인을 큰 소리로 불렀다. 그는 왼쪽 발의 장화를 벗기라고 명령하고 발을 앞으로 내밀었다.

"치수를 재라!"

시몬은 10베르쇼크(1베르쇼크는 4.445cm에 해당한다 – 역주) 길이의 종이를 준비하여 매끈하게 잘 폈다. 그리고 무릎을 꿇고 신사의 양말을 더럽히지 않기 위해 앞치마에 손을 잘 닦은 다음 치수를 재기 시작했다. 시몬이 발바닥의 길이를 재고 발등 둘레의 길이를 잰 뒤, 장딴지 둘레를 재려고 했지만 종이의 양 끝이 닿지 않았다. 그의 장딴지가 통나무만큼 굵었기 때문이었다.

"주의해. 장화의 목 부분을 좁게 만들지 마."

시몬은 종이를 한 장 더 잇기 시작했다. 신사는 앉아서 긴 양말 속의 발가락들을 꼼지락거리며 집 안에 있는 사람들을 둘러보았다. 그러다 미하일을 발견했다.

"이 사람은 누구냐?"

"이 사람이 바로 저희 직공입니다 그가 장화를 만들 겁니다."

"명심해. 일 년이 지나도 끄떡없게 만들어야 한다는 걸."

그가 미하일에게 말했다. 시몬 역시 미하일을 돌아보았

다. 그런데 미하일은 신사를 보고 있는 게 아니라 그의 뒤편 구석 쪽을 뚫어지게 바라보고 있었다. 마치 누군가를 응시하는 것처럼 계속 그렇게 바라보던 미하일의 얼굴에 갑자기 미소가 떠오르며 얼굴이 환하게 밝아졌다.

"이런 얼간이, 뭘 그렇게 히죽거리는 거냐? 기한 내에 끝내도록 신경 쓰는 게 좋을 거다."

그러자 미하일이 말했다.

"필요하실 때에 딱 맞춰 끝내 놓겠습니다."

"좋아!"

신사는 장화를 신고 외투로 몸을 감싼 채 문을 향해 걸어갔다. 그런데 고개를 숙이는 것을 잊어버려 그만 문설주에 머리를 부딪쳤다. 그는 욕설을 내뱉고는 자기 머리를 잠깐 문지르더니 마차를 타고 떠났다. 신사가 떠나고 난 뒤 시몬이 말했다.

"완전히 돌덩이 같구먼. 누구한테 맞아도 죽지 않겠어. 머리를 문설주에 때려 박았는데도 별로 안 아픈가봐……."

마트료나가 말했다.

"저렇게 잘 사니 때깔이 번드르르하지 않을 수가 없지. 저런 덩치는 죽지도 않을 거야."

VII

시몬이 미하일에게 말했다.

"일을 맡기는 했는데 문제가 생기면 어떡하지? 가죽은 비싼데다 나리는 성질이 사납네. 실수하지 않도록 잘 해야겠어. 자네가 나보다 눈도 좋고 솜씨도 숙련되었으니 치수 잰 것을 맡기겠네. 가죽을 마름질하게. 나는 겉가죽을 꿰매겠어."

미하일은 시키는 대로 가죽을 가져다 식탁 위에 펼쳐놓고 반으로 접은 후 칼을 가지고 와 마름질을 하기 시작했다. 미하일이 가죽 자르는 것을 보려고 마트료나가 곁으로 다가갔는데 그가 일하는 것을 보고는 깜짝 놀랐다. 마트료나도 이제 웬만큼 구두 만드는 일에 익숙해 있기 때문에 미하일이 장화를 만드는 방식대로 가죽을 자르지를 않고 둥글게 오려내는 것이 눈에 띈 것이다. 마트료나는 한마디 하고 싶었지만 마음속으로 생각했다.

'내가 잘못 알았겠지. 나리의 장화를 어떻게 꿰매야 하는지 미하일이 더 잘 알 텐데 괜히 참견하지 말자.'

미하일은 한 짝을 잘라낸 후 마름질한 가죽을 붙잡고 꿰매기 시작하는데 장화를 만드는 방식대로 두 장을 꿰매는 것이 아니라 마치 시신에 신기는 덧신을 꿰매는 것처럼 한 장의 가죽만으로 꿰매고 있었다. 마트료나는 이번에도 깜짝 놀랐지만 참견하지 않기로 했다. 미하일은 가죽을 계속 꿰맸다. 어느덧 점심 먹을 시간이 되었다. 시몬이 자리에서 일어나 문득 미하일 쪽을 보니 그 가죽으로 죽은 사람에게 신기는 덧신을 만들어 놓고 있었다. 시몬은 경악했다. 그는 땅이 꺼져라 한숨을 쉬며 생각했다.

'이게 대체 무슨 일이야. 미하일라는 꼬박 일 년을 같이 살면서 단 한 번의 실수도 없었는데 저런 끔찍한 일을 저지르다니! 나리는 대다리(신발 테두리에 나와 있는 부분을 말한다 - 역주)가 있는 질긴 장화를 주문했건만 그는 밑창 없는 죽은 사람용 덧신을 꿰매 놓았잖아. 가죽을 못 쓰게 만들었네. 이제 어떻게 나리에게 변상해야 하나? 저런 가죽은 찾기도 힘든데.'

그래서 시몬이 미하일에게 말했다.

"여보게, 지금 무슨 짓을 한 거야? 나를 완전히 망하게 하려는 건가! 나리는 장화를 주문했는데 자네는 도대체 뭘 만들어 놓은 거야?"

그가 미하일에게 이렇게 말을 하자마자 문에 달린 고리를 탕탕 두드리는 소리가 들렸다. 창문을 통해 밖을 내다보니 누군가 타고 온 말을 붙들어 매놓은 것이 보였다. 문이 열렸다. 들어온 사람은 장화를 주문하고 갔던 신사의 젊은 하인이었다.

"안녕하세요?"

"어서 오게. 뭐 필요한 일이라도 있나?"

"네, 주인마님께서 장화에 관한 일로 보내셨습니다."

"장화에 관한 일이라니?"

"네, 장화 말입니다! 나리께서 장화가 필요 없게 됐답니다. 나리께서 세상을 떠나셨습니다."

"무슨 소리야!"

"여기서 집으로 가는 도중에 마차 안에서 돌아가셨습니다. 마차가 집에 도착해서 내려 드리려고 했더니 나리가 곡식자루처럼 쓰러져 있었습니다. 이미 몸이 뻣뻣해진 채 시체가 되어 쓰러져 있더라고요. 가까스로 마차에서 끌어냈습니다. 주인마님께서 저를 보내면서 말씀하시기를 '구두장이에게 가서 이렇게 말해라. 나리께서 장화를 주문하시면서 가죽을 맡겨두고 왔다는데 장화는 필요 없으니 고인에게 신길 덧신을 한시바삐 만들어라. 그리고 너는 다 꿰맬 때까지 기다렸다 직접 가지고 와라'라고 하셨습니다. 그래서 이렇게 왔습죠."

미하일은 식탁에서 가죽 자투리를 들고 와서는 원통형으로 둘둘 말았다. 죽은 사람을 위한 덧신도 또한 완성하여 들고 와서는 탁탁 소리가 나게 마주쳐 털고 앞치마로 쓱쓱 문지른 후 하인에게 건네주었다. 하인은 덧신을 건네받았다.

"안녕히 계세요, 여러분! 평안하시길 빕니다!"

VIII

일 년이 지나고 이 년이 흐르고 다시 세월이 흘러 미하일이 시몬의 집에 와서 지낸지도 어느덧 육 년이 되었다. 여전히 그는 변함없는 생활을 하고 있었다. 아무 데도 나다니지 않았고 쓸데없는 말은 하지 않았으며 그동안 단 두 차례만 웃었을 뿐이었다. 한 번은 시몬의 아내가 그에게 저녁 식사를 차려 주었을 때였고, 또 한 번은 신사가 장화를 맞추러 왔을 때였다. 시몬은 자신의 일꾼이 여간 만족스럽지 않았다. 그는 이제 미하일이 어디에서 왔는지 더 이상 묻지 않았다. 다만 미하일이 떠나버리지나 않을까 그것이 걱정이었다.

식구들이 모두 집에 있던 어느 날이었다. 아주머니는 화덕에 솥을 올려놓았고 아이들은 의자 주위를 뛰어 다니거나 창문 밖을 내다보고 있었다. 시몬은 한쪽 창가에 앉아 구두를 꿰매었고 미하일은 다른 창가에 앉아 구두 뒷굽에 못질을 하고 있었다. 사내아이 하나가 긴 의자를 밟고 미하일 쪽으로 뛰어 와서 그의 어깨를 짚고 창밖을 내다보았다.

"미하일라 아저씨, 저것 좀 봐, 상인 마님이 여자애들을 데리고 우리 집 쪽으로 오는 것 같아. 그런데 여자애 한 명이 절름발이야."

사내아이의 말이 떨어지기 무섭게 미하일은 하던 일을 멈추고 창 쪽으로 몸을 돌려 거리를 내다보았다. 시몬은 깜짝 놀랐다. 단 한 번도 거리를 바라본 일이 없던 미하일이 지금 창가에 바짝 매달려 뭔가를 바라보고 있었던 것이다. 시몬도 창밖을 바라보았다. 한 여인이 시몬의 집 마당 쪽으로 걸어오는 것이 보였다. 깔끔하게 차려 입은 그 여인은 외투를 입고 두터운 무명 스카프를 목에 두른 여자아이 두 명의 손을 잡고 오고 있었다. 여자아이들은 서로 똑같이 생겨 구분하기가 어려웠다. 다만 한 아이는 왼쪽 다리가 성치 않은지 걸을 때 약간 절었다.

여인은 계단을 올라와 현관으로 들어선 후 문을 건드려 보고 나서 쇠 손잡이를 잡아당겨 문을 열었다. 여인은 두 여자아이를 먼저 들여보낸 뒤 집 안으로 들어왔다.

"안녕하세요, 누구 계신가요?"

"어서 오세요, 무슨 일로 오셨는지요?"

여인은 탁자 앞에 앉았다. 여자아이들은 사람들이 낯설어서인지 여인의 무릎에 바짝 붙어 앉았다.

"아이들이 봄에 신을 가죽 구두를 맞추러 왔어요."

"네, 알겠습니다. 그렇게 작은 구두는 안 만들어 봤지만 가능합니다. 가장자리를 꿰맨 구두도 가능하구요, 천을 대고 꿰매어 뒤집는 구두도 가능하지요. 여기 우리 가게의 미하일이 솜씨가 상당히 좋습니다."

시몬이 이렇게 말하며 미하일 쪽을 돌아보았는데, 미하일은 하던 일을 중지하고 여자아이들에게서 눈을 떼지 않았다. 시몬은 그런 미하일을 보고 놀라며 생각했다.

'이 애들이 예쁜 건 사실이야. 까만 눈동자에 포동포동하고 발그레한 뺨, 몸에 걸친 외투나 목도리도 고급스러워.'

그렇다고 해도 미하일이 마치 아는 사람이라도 되는 것처럼 그 아이들을 주시하는 것은 이해할 수가 없었다. 시몬은 의아하게 생각하면서도 여인과 얘기를 나누며 가격 흥정을 시작했다. 가격을 정하고 치수를 재려고 할 때 여인은 다리를 저는 아이를 들어 올려 자기 무릎에 앉히며 말했다.

"이 아이의 발을 기준으로 치수를 두 가지 재 주세요. 휘어진 다리는 구두 한 짝만 지어 주시고요, 곧은 쪽 다리로는 세 짝을 지어 주세요. 얘들은 발 크기가 서로 같답니다. 얘들은 쌍둥이거든요."

시몬은 치수를 잰 다음 다리를 저는 아이를 보며 말했다.

"이 아이 발은 어쩐 일로 이렇게 됐나요? 이렇게 예쁜 아이가. 태어났을 때부터 그랬나요?"

"아니에요. 자기 엄마한테 짓눌려서 이렇게 됐답니다."

이때 마트료나가 끼어들었다. 그녀는 이 여인이 누구인지, 아이들은 누구의 애들인지 알고 싶어 했다.

"그럼 부인은 이 아이들의 엄마가 아닌가요?"

"나는 이 아이들의 엄마도 아니고 친척도 아니랍니다. 남의 아이들인데 제가 입양했지요."

"어쩜! 자기 자식들이 아닌데도 그렇게 귀여워하시다니!"

"귀여워하지 않을 수가 있나요. 두 아이 모두 제가 젖을 먹여서 키웠는 걸요. 내 친자식도 있었지만 하느님께서 데려가셨어요. 그래도 이 아이들처럼 가엾게 생각되지는 않았어요."

"그럼 애들은 뉘 집 자식들인데요?"

IX

여인은 자초지종을 얘기하기 시작했다.

"육 년쯤 전의 일이었어요. 일주일 사이에 이 아이들은 엄마, 아빠를 다 잃었어요. 애들 아빠의 장례식을 치른 날이 화요일이고 금요일에 애들 엄마가 죽은 거죠. 아빠가 죽은 지 사흘이 지나서 이 불쌍한 애들이 세상에 태어났는데, 엄마는 애들을 낳고 하루도 채 못 살았어요. 그 당시 나와 남편은 농사일을 하며 살았어요. 그들은 우리 이웃이었는데 바로 옆에 살았어요. 애들 아빠는 동료도 없이 혼자 숲에서 일했지요. 그런데 어느 날 나무가 쓰러지면서 몸을 덮친 거예요. 창자가 전부 튀어나왔지요. 가까스로 집으로 옮겨 왔지만 숨을 거두고 말았어요. 그리고 그 아내가 그 주에 쌍둥이를 낳았고 쌍둥이가 바로 이 여자애들입니다. 애들 엄마는 가난하고 친척도 없어 아이 낳는 걸 도와줄 노파나 심부름꾼 계집아이도 없었답니다. 혼자서 아이를 낳다 외롭게 죽었지요.

이튿날 아침에 제가 안부를 물어보려고 그 집에 들렀을 때는 가엾게도 이미 차갑게 몸이 굳은 뒤였습니다. 그런데 숨이 끊어지며 아이 위로 몸이 기울어져 아이의 한쪽 다리를 덮친 거예요. 그때 이 아이가 짓눌려서 한쪽 다리가 탈골이 된 거죠. 마을 사람들이 모여 시신을 깨끗이 씻기고 정리해 묘를 만들어 주었어요. 모두 마음씨 착한 사람들이죠. 이제 갓난아기들만 남게 되었어요. '이 아이들을 어디로 보내야하지?' 사람들은 생각을 하였죠. 그런데 마을 여자들 중에 저만 어린 아기가 있었어요. 생후 팔 주가 지난 첫 아들을 젖을 주어 키우고 있었던 거예요. 그래서 갓난아기들을 당분간 제 집으로 데려왔어요. 마을 사람들이 모여서 갓난아이들을 어디로 보낼지 고심하다 제게 말했죠. '마리아, 아이들을 당분간 당신 집에 데리고 있어요. 우리에게 시간 여유를 좀 주면 방법을 찾아볼게요.' 나는 처음에는 다리가 성한 아이에게만 젖을 물리고 불구가 된 아이에게는 젖을 주지 않았어요. 살아날 가망이 없다고 보았거든요. 그러다 '이 천사 같은 어린 것이 무슨 잘못이 있다고 죽어야 하나?'라는 생각이 들고 아이가 가련하게 느껴져 젖을 먹이기 시작했어요. 그렇게 해서 제 아이 하나에 얘들 둘을 더해서 세 아이를 젖을 먹여 키웠답니다! 그때는 젊었고 힘도 좋았어요. 게다가 잘 먹었고요.

하느님께서는 늘 넘칠 정도로 제 가슴에 젖을 가득 채워 주셨어요. 두 아이에게 젖을 먹이는 동안 세 번째 아이는 기다렸어요. 한 아이가 실컷 먹고 나면 다른 아이에게 차례로 젖을 물렸어요. 그렇게 이 아이들은 키워냈지만 제 아이는 두 살이 될 무렵에 죽었어요. 이 또한 하느님이 이끄신 거죠. 하느님께서는 제게 자식을 더 이상 주지 않았어요. 그런데 살림은 점점 풍족해졌어요. 지금은 상인의 제분소에서 지내고 있어요. 봉급도 많고 사는 것도 넉넉해요. 자식만 없지요. 그러니 이 아이들이 없었더라면 제가 어떻게 살아가겠어요! 제가 어떻게 이 아이들을 사랑하지 않을 수 있겠어요! 이 애들은 제 인생의 촛불과도 같답니다!"

여인은 한 손으로 절름발이 아이를 꼭 끌어안고 다른 손으로는 뺨 위에 흐르는 눈물을 닦았다. 마트료나는 긴 한숨을 쉬며 말했다.

"아비, 어미 없이는 살 수 있어도 하느님 없이는 살 수 없다더니…… 옛말 하나도 그르지 않네요."

그들은 그렇게 서로 이야기를 더 나누었고, 이윽고 여인이 가려고 일어섰다. 집주인 내외가 여인을 배웅한 후 들어오면서 미하일을 보았다. 그는 두 손을 무릎 위에 모으고 앉아 천장을 바라보며 미소 짓고 있었다.

X

시몬이 그에게 다가가 "이보게 미하일라!"하고 불렀다. 미하일은 의자에서 일어나 일감을 내려놓고 앞치마를 벗더니 주인 부부에게 고개를 숙여 인사를 하며 말했다.

"안녕히 계세요, 주인님. 하느님께서 저를 용서하셨습니다. 두 분도 저를 용서해주시기 바랍니다."

주인 부부는 미하일의 몸에서 빛이 나오는 것을 보았다. 그러자 시몬은 일어나서 미하일에게 고개 숙여 인사한 후 말했다.

"미하일라, 자네는 보통 사람이 아닌 것 같아. 그러니 자네를 붙들지도, 자초지종을 물어 보지도 못하겠네. 이것 한 가지만 물어보겠네. 내가 이 집에 자네를 데려 왔을 때 자네는 잔뜩 찌푸린 얼굴이었는데 아내가 저녁 식사를 차려주자 빙그레 웃었네. 그리고 그때부터 얼굴이 약간 밝아졌네. 이유가 뭔가? 그 다음에 신사 나리가 장화를 주문했을 때 두 번째로 웃었네. 그 후로 얼굴이 한층 더 환해졌네. 그리고 지금, 저 여자가 딸을 데리고 왔을 때, 자네는 세 번째로 활짝 웃었

고, 안색이 완전히 밝아졌다네. 미하일라, 어째서 자네한테
서 그런 빛이 나는지, 그리고 어째서 자네는 세 번 웃었는지
내게 설명 좀 해 주겠나?"

그러자 미하일이 말했다.

"제 몸에서 빛이 나게 된 이유는 하느님의 벌을 받고 있다
가 이제 용서를 받았기 때문입니다. 그리고 제가 세 번 웃었
던 이유는, 하느님이 제게 내리신 세 가지 가르침을 깨우쳤
기 때문입니다. 첫 번째 가르침은 주인 아주머님께서 저를
측은하게 여겨 주셨을 때 알게 되었습니다. 그래서 처음으로
웃었던 겁니다. 두 번째는 신사 나리가 장화를 맞추러 왔을
때였기에 웃었습니다. 그리고 지금, 저 여자아이들을 보았을
때, 마지막 세 번째 하느님의 가르침을 깨닫게 됐지요. 그래
서 세 번째로 웃었던 겁니다."

그러자 시몬이 말했다.

"미하일라, 말 좀 해주게. 무슨 일로 하느님께서 자네를 벌
하셨으며, 어떤 가르침을 주시고 자네에게 깨우치라고 하셨
는지 말이야."

그러자 미하일이 말했다.

"벌을 내리신 이유는 제가 하느님의 말씀을 거역했기 때문

입니다. 저는 하늘나라의 천사였고 하느님의 말씀에 늘 순종했지요. 그런데 어느 날, 한 여인의 영혼을 거두어 오라고 하느님께서 저를 보내셨습니다. 땅에 내려와 보니 한 여인이 병들어 누워 있는데다 여자 쌍둥이를 출산한 상태였어요. 아기들이 곁에서 꼬물거리는데 엄마는 젖도 물리지 못하고 있었지요. 그 여인은 저를 보자 하느님께서 자신의 영혼을 거두러 보내셨다는 것을 알아채고 흐느끼며 말했습니다.

'하늘나라 천사님! 남편을 며칠 전에 땅에 묻었습니다. 숲에서 나무에 깔려 죽었어요. 제게는 친자매도, 친척 아주머니도, 할머니도 하나 없습니다. 애비 잃은 불쌍한 어린 것들을 키워줄 사람은 아무도 없습니다. 제 영혼을 데려가지 말아주세요. 아이들이 제 앞가림을 할 수 있을 때까지라도 제 손으로 먹이고 키우게 해주세요! 아이들이 아빠도 엄마도 없이 살아가는 건 불가능합니다!'

저는 이 말을 듣고 한 아이에게는 엄마의 젖을 물려주고 또 다른 아이는 엄마의 한쪽 팔에 안겨준 후 하늘로 올라갔습니다. 하느님께 당도한 후 이렇게 아뢰었지요.

'저는 산모의 영혼을 거두지 못했습니다. 애들 아빠는 나무에 깔려 죽었고 엄마는 쌍둥이를 낳았는데 '아이들이 제 앞가림을 할 수 있을 때까지라도 제 손으로 먹이고 키우게 해주세요! 아이들이 아빠도 엄마도 없이 살아가는 건 불가능합니다!'라고 말하며 영혼을 거두어가지 말아달라고 간청합니다. 저는 그 산모의 영혼을 거두어오지 못하겠습니다.'

그러자 하느님께서 말씀하셨습니다.

'가서 산모에게서 영혼을 거두어 오너라. 그러면 세 가지 가르침을 알게 될 것이다. 사람의 마음속에는 무엇이 있는가? 사람에게 주어지지 않은 것은 무엇인가? 그리고 사람은 무엇으로 사는가? 이 세 가지를 깨닫게 될 때 천국으로 돌아오게 될 것이다.'

저는 지상으로 되돌아가 산모의 영혼을 거두었습니다. 어린 것들이 엄마의 가슴에서 굴러 떨어졌고 숨이 멎은 산모의 몸이 침대 위에 나동그라지면서 한 아이를 덮쳤습니다. 그 바람에 아이의 한쪽 발이 뒤틀리게 된 겁니다. 제가 마을 위로 날아올라 그 영혼을 하느님께 가져가고 있는데 갑자기 세찬 바람에 떠밀려 힘이 빠지면서 양 날개가 떨어져 나갔습니다. 그래서 여인의 영혼만 하느님께 갔고 저는 지상의 길 위에 내동댕이 쳐진 것입니다."

XI

시몬과 마트료나는 자기들이 먹여주고 입혀주고 함께 살도록 해 준 사람이 누구인지를 알게 되자 두렵고 기쁜 마음에 계속 눈물이 흘렀다. 천사는 이야기를 계속했다.

"저는 그렇게 알몸으로 들판에 홀로 남겨졌습니다. 예전에는 인간 세상의 가난도 추위도 배고픔도 몰랐습니다. 그런데 사람이 된 것입니다. 허기지고 죽도록 추웠지만 무엇을 해야 할지 알 수가 없었습니다. 들판에 하느님을 경배하기 위한 예배당이 있는 것을 보고 추위를 피하려고 그곳으로 다가갔지만 자물쇠가 채워져 있어 바람이라도 피해보려고 웅크리고 앉아 있었습니다. 저녁때가 되면서 저는 더욱 배고프고 추위에 꽁꽁 얼어 완전히 기진맥진한 상태였습니다. 그때 갑자기 소리가 들렸습니다. 누군가 장화 한 켤레를 들고 혼잣말을 중얼거리며 길을 걸어오고 있었습니다. 사람이 되고나서 처음으로 사람의 얼굴을 본 것입니다. 그런데 얼굴을 보고 무서워져 고개를 돌려버렸습니다. 그러고는 그 사람이 한겨울 추위에 자기 몸을 어떻게 보호할지, 식구들을 어떻게 먹여 살릴지 혼잣말로 떠드는 소리를 들었습니다. 저는 생각했습니다.

'나는 추위와 굶주림으로 죽어 가는데 저 사람은 자신과 아내가 어쩌면 외투를 장만해서 추위를 막을지 또 어떻게 하면 먹고 살 빵을 마련할지 온통 그 생각뿐이군. 저 사람은 나를 도와줄 여력이 없다.'

그 사람은 저를 발견하더니 인상을 찌푸리고 한층 더 험상궂은 얼굴로 지나쳐 버렸고 저는 포기했습니다. 그런데 갑자기 그 사람이 되돌아오는 소리가 들렸습니다. 뒤돌아보았더니 방금 전의 그 사람이라고 할 수 없을 만큼 달라보였습니다.

조금 전 그 사람의 얼굴에는 죽음이 어른거렸는데 지금은 갑자기 생명의 기운을 띄고 있었습니다. 저는 그 얼굴에서 하느님을 보았습니다. 그는 저에게 다가오더니 옷을 입혀 주고 자기 집으로 데리고 갔습니다. 그의 집에 당도했을 때 어떤 여자가 우리를 맞이하며 떠들어대기 시작했습니다. 그녀는 더욱 무시무시한 사람이라 입에서는 죽음의 냄새가 풍겨나왔고 저는 그 죽음의 악취로 인해 질식할 것만 같았습니다. 그녀는 저를 추운 바깥으로 쫓아내려고 했는데 만일 그랬다면 그녀가 죽게 되리라는 것을 저는 알고 있었습니다. 그런데 그 순간 남편이 하느님의 존재에 대해 일깨워주자 여인의 태도가 갑자기 돌변했습니다. 여인이 저녁을 차려주며 저를 바라볼 때 그녀를 주의 깊게 보았더니 죽음의 그림자는 이미 자취를 감추었고, 대신 생명의 기운이 있었습니다. 저는 마찬가지로 그녀 안에서 하느님을 보았습니다. 그러자 '사람 안에 무엇이 있는지 깨닫게 될 것이다'라고 하신 하느님의 첫 번째 말씀이 떠올랐습니다. 사람의 마음속에 있는 것은 사랑이었습니다. 저는 하느님께서 제게 약속하신 것을 벌써 드러내 보여주기 시작했다는 사실에 기뻐 첫 번째 미소를 지었던 것입니다.

하지만 아직 전부 알아낸 것은 아니었습니다. 사람에게 주어지지 않은 것이 무엇인지, 사람은 무엇으로 사는지를 알아내지 못했던 것입니다. 저는 두 분 집에서 살게 되었고 그렇게 일 년이 흘렀습니다. 그러던 어느 날, 일 년을 신어도 실밥 하나 터지지 않고 틀어지지도 않는 질긴 장화를 주문하기 위해 한 사람이 왔습니다. 제가 그 남자를 바라본 순간, 그의 어깨 너머로 동료였던 죽음의 천사가 보였습니다. 그 누구도 이 천사를 볼 수 없었지만 그날 해가 채 지기도 전에 그가 신사 나리의 영혼을 거두어 가리라는 것을 알았습니다. 그때 저는 '인간은 자기 스스로를 위해 일 년 앞을 준비해 두지만 자신이 오늘 저녁을 넘길 수 없다는 사실은 모르는군'이라고 생각했습니다. 그러자 '사람에게 주어지지 않은 것이 무엇인지 알게 될 것이다'라고 하신 하느님의 두 번째 말씀이 기억났습니다.

사람에게 무엇이 있는지는 이미 깨우쳤습니다. 지금은 사람에게 무엇이 주어지지 않았는지를 깨닫게 되었지요. 사람에게는 자기의 육신을 위해 필요한 게 무엇인지 아는 능력이 주어지지 않았던 것입니다. 비로소 저는 두 번째로 웃게 되었습니다. 동료 천사를 만났고 그로 인해 신께서 내게 두 번째 가르침을 열어 보이심이 기뻤습니다.

하지만 아직도 전부 알아낸 것은 아니었습니다. 저는 아직도 사람이 무엇으로 사는지 알지 못했습니다. 저는 계속 살아가면서 하느님께서 마지막 말씀을 드러내 보여주기를 기다렸습니다. 육 년째 되는 해, 쌍둥이 여자아이들과 한 여인이 나타났습니다. 저는 그 여자아이들이 누군지 알게 되었고 그 아이들이 어떻게 살아남았는지도 알게 되었습니다. 그 사실을 알았을 때 저는 생각했습니다.

'엄마는 아이들을 위해 간청했고 나는 그 말을 믿었다. 즉 아이들은 엄마, 아빠 없이는 살아갈 수 없다고 생각했다. 그

러나 피 한 방울 안 섞인 여인이 그 아이들을 먹이고 키워주
었다.'

여인이 남의 아이들에게 동정심을 느끼고 눈물을 흘렸을
때, 저는 그녀의 마음속에 살아 있는 하느님을 보았습니다.
그리고 사람은 무엇으로 사는지 이해하게 되었습니다. 이로
써 저는 하느님께서 저에게 마지막 말씀의 의미를 열어 보이
셨고 그럼으로써 용서하셨다는 걸 알게 되었습니다. 그래서
저는 세 번째로 미소를 지었던 것입니다.

XII

옷이 벗겨져 나가며 천사의 몸은 온통 빛으로 감싸였다.
눈이 부셔서 그를 바라볼 수가 없었다. 그는 우렁찬 목소리
로 말하기 시작했는데 그 소리는 그에게서 나오는 것이 아니
라 마치 하늘로부터 울려 퍼지는 것 같았다.

"나는 깨달았노라. 모든 사람들이 살아가는 것은 자신에
대한 염려 때문이 아니라 사랑 때문이다. 엄마는 아이들이
살아가기 위해 무엇이 필요한지 아는 힘이 주어지지 않았
다. 부자도 자신에게 필요한 게 무엇인지 몰랐다. 그 어떤 인
간도 저녁때까지 필요한 것이 살아있는 사람의 장화인지 죽

은 자에게 신겨줄 덧신인지를 알 수가 없다. 내가 사람이었을 때 살아남을 수 있었던 것도 나 자신을 돌보고 염려했기 때문이 아니라, 우연히 그 길을 지나던 사람과 그 아내의 마음속에 사랑이 있어 나를 동정하고 보살펴 주었기 때문이다. 마찬가지로 고아들이 살아남을 수 있었던 것도 부모가 아이들을 위해 계획해주었기 때문이 아니라 타인인 여인의 가슴속에 사랑이 깃들어 있어 동정하여 돌봐주었기 때문이다. 이처럼 사람들은 스스로 자신의 일을 계획함으로써 살아가는 것이 아니라 마음속에 사랑이 있음으로써 살아가는 것이다.

　하느님께서 사람에게 생명을 주시고 그들이 잘 살기를 원하셨다는 것은 이미 알고 있었지만, 이제 다른 것을 한 가지 더 알게 되었으니, 하느님께서는 사람들이 홀로 살기를 원치 않으신다는 것이다. 그런 이유로 사람들 각자에게 필요한 것이 무엇인지 알려주지 않으셨다. 하느님은 사람들이 더불어 살아가기를 원하셨다. 그런 이유로 사람들에게 모두를 위해 두루두루 필요한 것이 무엇인지를 보여주셨던 것이다. 사람이 자신에 대한 걱정으로 삶을 지탱한다고 보이지만 사실은 오직 사랑으로 살아간다는 것을 이제야 알게 되었다. 사랑 안에 사는 사람은 하느님 안에 사는 것이며 하느님이 그 사람 안에 있는 것이다. 왜냐하면 하느님은 곧 사랑이시기 때문이다."

그렇게 말한 후에 천사가 하느님을 찬미하는 노래를 부르기 시작하자 그의 목소리 때문에 집이 흔들렸다. 이어 천정이 쩍하고 둘로 갈라지더니 땅에서 하늘까지 불기둥이 솟아올랐다. 시몬과 아내와 아이들은 바닥에 엎드렸다. 천사의 등에 날개가 펼쳐지더니 하늘로 날아 올라갔다. 시몬이 정신을 차렸을 때 집은 그대로였고 집에는 시몬의 가족 외에는 아무도 없었다.

왜 지금, 다시 톨스토이인가?

사회가 급변하고 있습니다. 우리의 시선과 손길이 남아 있는, 아름다운 기억으로 저장된 옛것들은 너무나 빨리 사라지고 그 자리를 최첨단이라는 탐욕으로 무장한 타워와 기기들이 차지하고 있습니다. 그리고는, 지나간 것을 아쉬워하거나 시대에 못 따라오는 사람들을 떠나라고 종용합니다. 빈부의 격차는 점점 심해지고 자살률이 높아지는 것과 함께 우울증이나 조현병 환자도 급증하고 있습니다.

자본주의의 광폭을 따라가지 못하는 사람들은 경제적 상실감과 함께 정신적 허기를 호소하고 정서적 외로움과 공허함에 시달리고 있습니다. 그러다보니 공동체의 기본 윤리를 깨뜨리거나 사회 규범을 훼손하는 사람들도 늘어나고 있습니다.

벌써 108년 전에 사망한 톨스토이는 이런 것을 예상했던 것처럼 그 당시에도 탐욕이나 물질적 욕망보다 중요한 것은 '사람'과 '사랑'이라고 말하며 인간의 기본으로 돌아가라고 외첬습니다.

여기에 수록된 작품들은 1880년대에 톨스토이가 러시아 평민들을 위해서 쓴 것으로 지금 읽어도 큰 울림을 주며 우리가 어떻게 살아가야 할지, 인간의 마음속에 있는 기본적인 감정은 무엇인지 다시금 깨닫게 하고 있습니다.

이 글을 읽는 지금, 이제껏 앞만 보고 달려 왔다면 잠시 그 자리에 서서 지나온 발자국을 돌아보며 거기에 흙이 묻지는 않았는지 또 누군가를 밟고 오지는 않았는지 찬찬히 되새기기 바랍니다. 그리고 이 책을 읽으며 정서적 공허함이 조금이나마 치유되고 세상을 다시 살아갈 이유와 용기를 얻기 바랍니다.

이 책이 출판되기까지 많은 분들이 도와주셨습니다. 언제나 적절한 조언을 해주신 고일 교수님, 러시아어 번역의 오류를 줄일 수 있도록 도와주신 굴누라 라비디노바 님, 훌륭한 비평자가 되어주신 김두나 님과 남경우 님, 후배 양화정 님, 그리고 늘 용기를 북돋아준 나의 딸 현이, 그 밖의 많은 분들에게 깊은 감사를 드립니다. 특히 써네스트 출판사의 강완구 님께 감사의 말을 전합니다.

옮긴이 홍순미

현대인의 감성으로 다시 읽는 톨스토이 단편선

사람에게는 얼마만큼의 땅이 필요한가?

초판 1쇄 인쇄 2018년 12월 12일
초판 3쇄 인쇄 2023년 11월 3일

지은이 레프 톨스토이
옮긴이 홍순미
편 집 강완구
펴낸이 강완구
펴낸곳 써네스트
디자인 임나탈리야

출판등록 | 2005년 7월 13일 제 2017-000293호

주 소 | 서울시 마포구 망원로 94, 2층 203호

전 화 | 02-332-9384   **팩 스** | 0303-0006-9384

이메일 | sunestbooks@yahoo.co.kr

ISBN | 979-11-86430-82-8 (03890)   값 9,000원

2018ⓒ홍순미
2018ⓒ써네스트